徳間文庫

魔王の子、鬼の娘

仁木英之

徳間書店

目次

design : coil

第一章

邂逅

一

寝所にわずかな燈明《とうみょう》だけを灯《とも》し、若者はすっきりと背筋を伸ばして筆を走らせていた。細い頤《あご》は見る者にひ弱さを感じさせるが、その瞳から放たれる光は明々として強く、袖《そで》からのぞく手と腕には、歴戦を示す無数の刀傷が残っている。だが、時に楽しげに細められる目は、少年の無邪気さをも湛《たた》えていた。

京の二条衣棚《にじょうころものたな》にある日蓮宗の寺院、妙覚寺《みょうかくじ》の一室で、彼は妻に手紙を書いていた。

若者の名を織田信忠《おだのぶただ》。三位中将《さんみのちゅうじょう》、幼名を奇妙丸《きみょうまる》という。織田信長《のぶなが》と生駒《いこま》の方《かた》の間に生まれ、織田家の跡継ぎであると自他ともに認める武将だ。

手紙のあて先である妻の名を、松姫《まつひめ》という。甲斐《かい》の雄《ゆう》であった武田信玄《たけだしんげん》の娘である。雄であった、というのは、信忠こそがその武田氏を滅ぼした張本人だからである。だがそのことと、妻への愛情の間に矛盾《むじゅん》はない。

「道中、用心が肝要《かんよう》にて候《そうろう》。恐惶謹言《きょうこうきんげん》」

と結んで、筆を置いた。

寺にしみついた香の匂いが眠気を誘う。伽羅《きゃら》の匂いでやたらと眠くなるのは、父のせいだと冗談めかして側近に言うことがあった。祖父信秀《のぶひで》の葬儀の席で、信長が位牌《いはい》に灰を投げつけたことは、伝説として語られている。

その父は、本能寺《ほんのうじ》にいる。四条西洞院《しじょうにしのとういん》にあるこの寺は信忠のいる妙覚寺の南、およそ六町の距離にある。見えはしないが、歩いて四半刻《しはんとき》もかからない。京に着いた信忠は父に挨拶《あいさつ》を済ませ、今後の指示を受けていた。親子であり、主従《しゅじゅう》である。

「中国の毛利《もうり》を崩せば、一つの山を越えたことになる」

武田攻めから帰った息子を迎えた信長は、もはや武田の名を口に上《のぼ》らせることなく、次に打ち倒すべき敵のことを常々《つねづね》口にしていた。

「毛利は武田のようにはいかん。より慎重にいかねばならぬ」

そう息子を諭《さと》した。信忠はこの年、齢《よわい》二十六である。幼い頃から信長の身辺に侍《はべ》り、その指揮ぶりを間近に見ていた彼は、信長の後継者として徹底的に鍛《きた》えられた。敵をどう滅ぼすか、味方をどう御《ぎょ》するか、その全《すべ》てを信長は信忠に学ばせた。

「奇妙は天下を奪う器《うつわ》になれ」

信長は息子と二人になると、不思議なことを言った。

「天下など、譲られるものではない。たとえ親子であっても、それを奪うだけの気概《きがい》を見せねばならぬ。もしわしに器量がなければ、誰かがそれを奪う。その前にお前がとれ」

だが、父の心底《しんてい》は複雑だ。奪えと言われて挑戦する気配を見せれば、容赦《ようしゃ》なく粛《しゅく》清《せい》されるだろう。

奪う、というのは力量《りきりょう》を見せることだ。信忠はそう考えていた。信長は百の命《めい》を下《くだ》すが、その八十をこなしても満足しない。百を以《もっ》て当然とし、百二十を以ってようやく良しとするのである。

それを体現《たいげん》している男が三人いた。羽柴秀吉《はしばひでよし》と明智光秀《あけちみつひで》。そして同盟を組む徳川家康《とくがわいえやす》である。父の傍《そば》近くで三人を長く見てきた信忠であったが、武田攻めの際に家康の戦いぶりを間近に見た。その着実な戦《いくさ》と政《まつりごと》、そしてここぞという時に勝負をかける呼吸に、信忠は感銘《かんめい》を受けたものだ。

そして信忠も、百を百二十にすべく考え、そして行動した。

信濃《しなの》は諏訪《すわ》の高遠城《たかとおじょう》を攻めた時のことである。ここは仁科盛信《にしなもりのぶ》という武将が守っていた。信玄の子であり、妻の兄にあたる。信長は、

「無理をするな」

と信忠に命じていた。信長は必要とあらば、肉親にも容赦をしない男である。尾張《おわり》の家督《かとく》を継いだ際には弟ですら容赦なく追い込んだ。もちろん、信忠も盛信とは戦いたくなかったが、父の言葉通り手心を加えればどうなるか、わかったものではない。

盛信と松姫は母が同じであり、兄と妹の親しい様子も手紙を通じて知っていた。戦と政に私情を挟むことは避けてきた信忠であったが、盛信に対しては粘《ねば》り強く降伏《こうふく》を勧《すす》めた。織田軍が信濃に入ってから、飯田《いいだ》や伊那《いな》の諸将は早々《そうそう》に降《くだ》っていたから、望みはあると考えていた。

だが、それまでの者と違ったのは、盛信は甲信の覇者、信玄の子であるという誇りと共に死ぬことを心に決めていたことであった。そして信忠も、信長の子であるという誇りと共に退《ひ》くわけにはいかない。

信忠は総攻撃をかける前に、妻のことを思い出さずにはいられなかった。松は高遠から出て武田勝頼《かつより》のいる新府《しんぷ》へ向かった、ということは摑《つか》んでいた。盛信の娘たちも

一緒だ。

「世の流れである」

そう思うことにした。信忠は伊那路に入って天竜《てんりゅう》の激しい流れを見た。おりしも、東西に聳《そび》える高峰から流れ込む雪解け水を受けて川は荒ぶっていた。巨木も大岩も、音を立てて押し流していく。

「流れには逆らえないのだ」

松もわかってくれる。戦乱の世に生まれ、その中で夫婦になったのだ。最後の降伏勧告が拒《こば》まれた後の逡《しゅんじゅん》巡は短かった。

全軍に高遠城を攻めるよう命を下した信忠は、盛信の首級《しゅきゅう》を見ても、もはや眉一つ動かさなかった。それが父の求める姿であり、己《おのれ》の生きる道だと疑ってやまなかったからだ。

武田家に忠誠《ちゅうせい》を誓《ちか》って奮戦《ふんせん》した仁科盛信の死は、武田軍の戦意を高めず、逆に奪《うば》い去った。勝頼から士心《ししん》は離れ、やがて武田家は信忠率いる織田軍の前に、あっけないほどの脆《もろ》さで滅亡した。

勝利を収めて報告に来た信忠を、信長は大いに称《たた》え、

「天下の儀《ぎ》、与奪《よだつ》すべし」

との言葉を与えたのである。世間は、信忠がいよいよ後継者として父に認められたと噂したが、信忠はそれだけとは考えていなかった。九州まで一遍に仰《おお》せつけらるる、という信長の決意を超《こ》える百二十を見せてみろ、というある種の挑発でもあるはずであった。だが、その前に屈服《くっぷく》させねばならぬ相手はまだ多くいる。そして彼らは強敵なのだ。

ただ、天正《てんしょう》十年六月に入った時点で京に織田の主力はおらず、軍勢の集結《しゅうけつ》を待たねばならなかった。

もっとも近い大坂にいた織田信孝《のぶたか》と丹羽《にわ》長秀《ながひで》は、毛利ではなく四国の長宗我部《ちょうそかべ》征伐の命を与えられていた。

伊賀《いが》の信雄《のぶかつ》は乱で疲弊《ひへい》した伊賀の統治で手いっぱいであったし、柴田勝家《しばたかついえ》は北陸征伐を任されて越中《えっちゅう》に、信忠と共に戦った滝川一益《たきがわかずます》、河尻秀隆《かわじりひでたか》、森長可《もりながよし》らは上野《こうずけ》、甲斐、信濃と皆遠い。

中国方面への援軍の主力は、近江坂本《おうみさかもと》に城を構えていた明智光秀の率いる一万六千である。信長、信忠は明智を先陣として、西へと向かうことになっていた。

しばしの猶予《ゆうよ》があると考えた信長は、家康を京に招き、そして信忠に松を迎えることを許したのである。松は武田の滅亡後に武蔵《むさし》の八王子へと入り、家康の保護を受けていた。そして今、この京へと向かっている。

ふっくらした柔《やわ》らかな頰と大きな瞳を思い浮かべながら、早く会いたいものだと眠りへと落ちた信忠が、布団を撥《は》ねあげて起きたのは、まだ夜明け前のことであった。

「中将さま！」

京都所司代《きょうとしょしだい》の村井貞勝《むらいさだかつ》の声であった。信長から都を任《まか》されている男がこのような時間に訪れてくるのは、異変《いへん》を意味していた。

「どうした」

「明智、謀叛《むほん》にございます！」

都に住まう貴顕《きけん》と智謀《ちぼう》の限りを尽くして戦い、交《まじ》わり、冷静さを失うことのない貞勝の声がわずかに上《うわ》ずっていた。そうか、と信忠は瞑目《めいもく》し、

「手勢を率いて本能寺へ向かう」

と命じた。だが、貞勝は頷《うなず》かなかった。

「京は守るに適《てき》しません。戦うのであれば、京を落ちて安土《あづち》へと向かい、天下へ号令をかけるべきです」

もはや信長は助からない、と貞勝の目は訴《うった》えていた。本能寺の向かいに邸宅のある彼の表情から、父の結末を思うしかなかった。足元が揺《ゆ》れている。戦に鍛《きた》え上げられ

た信忠の心でも、動揺は抑えきれなかった。

「いや、京を離れるわけにはいかん」

光秀が父を殺して京にあり、天皇家を戴《いただ》いて命を下すようなことになってはまずい。

信忠は動揺の中でも、今の百二十を懸命《けんめい》に探した。

「二条城（二条御所《ごしょ》）に入る」

「……御意《ぎょい》に」

その間にも、信忠の旗本衆《はたもとしゅう》は出立《しゅったつ》の用意を整えていた。街の様子が騒然としていることが、寺の塀越しに伝わってくる。

「諸将に使いを出せ」

「既に送っております」

甲冑《かっちゅう》を身につけ、父から拝領《はいりょう》した正宗《まさむね》の脇差を腰に挿《さ》す。すると不意に、涙がこぼれてきた。だめだ、こんなことで織田の惣領《そうりょう》は名乗れない。涙を拭《ぬぐ》うと庭に出た。馬が用意され、門が開《あ》け放たれる。

貞勝が四方に使者を送っている間に本能寺の方角から上がる煙を見ているうちに心が落ち着いてきた。戦の中ではあらゆることが起きる。

そうか、と彼は初めて悟《さと》った。父が自分から天下を奪えと諭していたのは、身の在《あ》る所、瞬間の全てに戦いがあると教えていたからだ。

「その父上がどうして……」

という疑問が浮かぶ。息子にすら奪えと教えていた父が。

しかし今は、明智の謀叛に立ち向かい、勝たねばならない。近江坂本から来た明智の軍勢は一万六千あまりだと聞いている。本来は、信忠の指揮のもとで毛利と戦うための軍勢であったはずだ。

「しかし明智が謀叛とは」

側近の斎藤新五郎利治《さいとうしんごろうとしはる》が呻《うめ》くように言った。

「百二十にするのが苦しくなったのだな……」

信忠は言うと、

「どういうことですか」

利治は怪訝《けげん》そうに訊《たず》ねた。

「いや、いいんだ。岐阜《ぎふ》には明智ゆかりの者が多かったが、そのような気配はなかったな」

「は……。しかし、思い返してみれば明智殿は殿の勘気《かんき》を蒙《こうむ》ったり、戦での失態があったりと追い詰められていたように思われます」

「父上の勘気を蒙るのは誰でもそうだし、俺だって何度も叱られた」

「胆《きも》の小さな方には思えなかったが……」

「胆が小さければこのような不意の衝《つ》き方はすまいよ」

信忠は、光秀が周到に準備をしたうえで謀叛に及んだのではないかと考えた。その着実な戦の仕方や任地の治め方を見ても、思いつきで主君に戦を仕掛けるような男ではない。

「私が美濃《みの》斎藤家の動きにもっと用心していれば良かったですな」

苦々《にがにが》しげに利治は言う。彼と光秀の側近である斎藤利三《としみつ》は姓が同じで名も似ているが、血の繋《つな》がりも付き合いも薄い。

斎藤利治は、美濃の戦国大名であった斎藤道三《どうさん》の末子である。道三は美濃の人心を摑むため、それまで名乗っていた長井《ながい》姓を捨てて衰退《すいたい》していた美濃斎藤家の中に入り込んだ。利三はその美濃斎藤家本流の血筋であった。

情勢は一気に悪くなり始めた。明智の軍勢を警戒しながら二条城に入った信忠の周囲に援軍が来るかどうかも定かにならぬうちに、桔梗《ききょう》の旗印が城を取り囲んだのである。貞勝から城外の様子を聞いた信忠は静かに頷いた。城には皇太子である誠仁親王《さねひとしんのう》がおり、貞勝は彼を交渉の材料にしようと提案した。

「明智も天皇家を敵に回したくないはずです」

「それでは皇太子さまを人質にとっているのが我らの側になってしまう。二条城から出ていただき、我らは堂々と戦おう」

貞勝はくちびるを嚙《か》んだ。そして皇太子の一行は、連歌師《れんがし》の里村紹巴《さとむらじょうは》らと共に御所の方へと落ちのびていった。

「さて、気を遣う方もいなくなったことだ。明智の逆心、堂々と受けてやろうではないか。織田家の跡取り、そう易々《やすやす》と首は渡さぬよ」

「奇妙さま……」

「戦には何が起こるかわからぬ。戦って初めて、そこに勝敗があるのだ」

閂《かんぬき》がへし折れる音がした。明智の兵が門を破ったのである。信忠は己の中の修羅《しゅら》が滾《たぎ》り始めているのを感じていた。信忠ははじめ強弓《こわゆみ》をたて続けに放ち、矢が尽きた後は槍《やり》を何度も替え、群がる敵を突きまくった。

「殿！」

深手を負った斎藤利治が叫ぶ。一度門外まで敵を押し返した信忠たちであったが、それが限界であった。

「腹を召《め》されよ！」

援軍は来なかった。父の安否もわからない。燃え盛る御所を信忠は見上げた。歩こうとして膝《ひざ》から崩れ落ちる。膝がしらを割られ、腹も裂けていた。不思議と痛みは感じなかったが、妻と父への思いが募《つの》った。

だが、是非もなし、という諦念《ていねん》もあった。戦をしてみねば勝敗などわからぬが、どうやら敗北は間違いのないところのようだ。

人生夢幻《むげん》のごとくなり、と炎の中に飛び込んでみれば、そこだけ火は回っていなかった。

周囲は猛火に包まれているのに、能楽堂《のうがくどう》だけはひんやりとして静かだ。思い返せば、都を訪れるたびに京の貴顕と共に能を楽しんだものだ。父の隣で、それは晴れがましいものであった。

そんな楽しげな思い出の地で終わりを迎えるのもまた一興だ。そう思いつつ正座し、腹をくつろげる。脇差を前において、心を鎮《しず》めていたが、妙《みょう》な物音がして目を開けた。

目の前に、般若《はんにゃ》の面が落ちている。鬼と化しても恥を忘れぬ女性《にょしょう》を表した面だ。この面をつけて演じられる「葵上《あおいのうえ》」が信忠はことのほか好きであった。人が人であることを止《や》められぬ六条御息所《ろくじょうのみやすどころ》の悲しさと誇りが、胸を打つのである。

だがよく見ると。般若の面ともまた違うように見えた。女性の激しい怒りや嫉妬、だがそれでも内包される気品を表現するのがこの面だ。だがそれよりもさらに猛々《たけだけ》しく、しかも威風があり、金泥《きんでい》で一面が塗られている。かといって、祭りなどで見る鬼面とも異なっている。

手に取るとずっしりと重く、そして温かい。面に呼ばれているような気がして、顔に近付けていく。

「おお……」

思わず嘆息が漏れる。

能狂言に熱中したことのある信忠は面の良し悪しがわかる。能面は必ずしも誰かに合わせて作られるわけではないが、時に己のためのものではないかと思うほどに肌が合うことがある。この鬼面がまさにそうだった。

信忠はその面をつけて舞った。傷の痛みも、妻への思いも、敗れた無念も忘れて、能楽堂がその頭上に崩れ落ちるまで、舞い続けた。

二

死は敗北だ。

生きているからこそ強く、そして尊《とうと》い。信忠はそう教えてくれた父の像の前に跪《ひざまず》いていた。

ですが父上、あなたは死んでしまったではありませんか。木像は答えない。当たり前だ。木を彫った像なのだから。信忠が立ち上がろうとした時、像の目がぎょろりと動いた気がした。

「奇妙」

それは甲高《かんだか》い、よく耳に親しんだ父の声であった。

「死ねば負けよ。人間《じんかん》五十年、夢幻のごとくなり。だからこそ、その夢幻の中で力を尽くさねばならぬとわしも信じていた。わしは神仏《しんぶつ》を心底信じてはおらぬ。死ねば浄土に行けるなど、ばかばかしいことよ」

木像は口を動かすことなく、言葉を発していた。甲高さが不快なほどに増して、信忠は思わず耳を押さえる。それでも、歪《ゆが》んだ父の声は高くなり、そしていきなり低くなって頭の中をかき乱した。

「やめろ！」

「父に命令するのか。この魔王《まおう》に！」

くちびるの端が吊《つ》りあがり、激しく信忠を罵《ののし》る。恐れにひれ伏しかけた信忠であったが、すんでのところで我に返った。違う。父は魔王などではない。その温《ぬく》もりや心の動きを、すぐ近くで見ていたのだ。

「父の姿を騙《かた》るな！」

信忠は脇差に手をかけようとして、動きを止めた。父の木像は激しく揺れ動き、耳《みみ》障《ざわ》りな音を立てながら砕《くだ》けていく。中から、巨大な影が現れた。

青い血管を無数に浮かび上がらせた体は、仁王《におう》のようだ。しかし、仏を守る存在でないことは、無数の髑髏《どくろ》を冠《かんむり》とし、口から肉片と血の垂《た》れ下がった凶悪な面構《つらがま》えからもわかる。

「騙ってなどいない。これが真《まこと》の姿よ。父の正体を見て死ね！」

木像の牙が闇の中で光り、信忠の喉元《のどもと》へと迫《せま》る。それが、二条城での激戦の記憶と重なった。

「死ぬものか！」

信忠は一度大きく飛び下がると、木像の脇に手を差して投げ落とした。彼は細身ではあったが、組打ちには自信がある。だが、組み伏せた瞬間、堅い筋肉に覆われて見えたからだがぐにゃりと歪んだ。

それだけではない。手から抜けだして伸びた牙が、信忠の首筋に突きたてられた。

足元にあるはずの大地がなくなり、巨大な陥穽《かんせい》に落ち込んだような錯覚《さっかく》の中で、信忠は咆哮《ほうこう》を上げる。

そして、首筋に突き立った牙を掴んだ。溶《と》けた鉄のように熱い牙に触れた指から、人肉の焼ける嫌な匂いがする。だが信忠は構わず、牙をへし折った。

鮮血の臭いだ。体中にかかった血潮は鉄錆の臭いがする。

「化け物のくせに人の血を持つか！」

父に似た声が己から放たれている。父はこのような化け物ではない。俺の中にいるのだ。そう思い至った時、周囲の光景が一変した。ひやり、と夜気が迫《せま》ってくる。

血の臭いは消えていない。暗闇の中に、誰かが立っている。父の木像でも、化け物でもない。そこには一人の少女が立っていた。床に届くほどの長い髪と、闇の中で光る大きな瞳がこちらを見ている。

そして、少女の小袖《こそで》は異様だった。右半身が透き通るように白く、左半身が黒い。

「目が覚めたか」

少女の声は低かった。低いが、それでも少女の可憐《かれん》さを失っていない。誰かに似ている。自分がもっとも愛している女性に似ていて、明らかに違う。

「わが父、諏訪四郎《すわしろう》勝頼の仇《かたき》よ」

その言葉を聞いた瞬間に信忠は跳躍《ちょうやく》し、扉を蹴破《けやぶ》ろうと試みた。だが、石の壁を蹴ったかのように硬く、跳ね返された。

「明智の後ろにいるのは武田の残党か」

理由は判然としないが、信長に恨《うら》みを持つ者たちが手を結ぶことは、充分に考えられる。

「父の仇と俺を捉《とら》えたのであれば、二条城で討ち取らなかった理由はなんだ」

「殺すことが罰を与えることになるとでも思っているのか？」

少女は蔑《さげす》むように笑った。目が慣れてきた。燈明が四方でじわりと灯った。

「その腕は……」

左袖が微《かす》かに揺《ゆ》れていた。衣の黒は、灯りに照らされて紅《くれない》へと色を変える。

「お前が持っている」

どこか馬鹿にしたような声のまま、少女は言った。信忠の手には、先ほど化け物の牙をへし折った感覚が残っている。だが、手に持っているそれは牙の硬さがないことに気付いた。

「これは……」

牙だと思って摑んでいたのは、か細い腕であった。

「私の腕を引きちぎったのはお前だ、奇妙丸」

くくく、とおかしそうに少女は笑う。

「そして私の血を浴《あ》び、そしてお前も私に血を与えた」

腕のないはずの袖が揺れた。

「私は待っていた。魔王の血が鬼神の血と交わるこの時をな」

「魔王とは父上のことか？　それは我らに敗れた坊主や一揆《いっき》の者どもが勝手に言っていること。父上は魔王などではない」

「狼は狼の群れの中にいて、その父が異様《いよう》だとは思うまい。それは私も同じ。己が異なものと認めることこそ、肝要《かんよう》なのだ」

何の話だ、言い返しかけた刹那《せつな》、腕を失っていた少女の袖が急に膨《ふく》らんだ。

「ようやく私は、修羅になれる」

少女が哄笑《こうしょう》し、袖の中から巨大な腕が現れた。それは、先ほど信忠が幻の中で見た怪物の腕に似て、さらに太く、長かった。

逃《のが》れようと後ろに下がると、信忠が掴んでいた少女の細い腕が、彼の喉を扼《やく》した。

意識が薄れていったが、死ぬ怖さは不思議と感じなかった。

三

朝の気配《けはい》を感じて、信忠は目を開けた。

「……生きているな」

そう口に出して確かめなければ、実感がなかった。寝床は質素《しっそ》なものだ。太刀《たち》はない。二条城でふるった槍もない。だが、父にもらった脇差は抱え込んで寝ていたようだ。

はっと周囲を見回すが、父に化けた木像や引きちぎった少女の腕の痕跡もない。それどころか、あれほど濃密に漂《ただよ》っていた血の臭いも全《まった》く残っておらず、檜《ひのき》の清らかな香りだけが感じられた。社《やしろ》のようだ、と感じたのもそのはずで、奥には祭壇があり、ご神体《しんたい》は幕で隠されていたものの、御幣《ごへい》や神饌《しんせん》が美しく置かれていた。

「お目覚めか」

すう、と木戸が開き、初老の男が顔を出した。禰宜《ねぎ》の服装をしている。

「ご面倒をおかけしました」

信忠はまず礼を述べた。

「朝餉《あさげ》を」

男は何気なく立ったが、その所作は美しく、舞の心得でもあるようで、隙《すき》がなかった。信忠は戦の合間に能や狂言を見ることを好んだ。玄妙《げんみょう》にして奇態に頼らず、戦場の喧騒《けんそう》や政のわずらわしさから解き放たれる思いがしたものだ。

枕元に、小袖がきちんと畳《たた》まれて置かれていた。笹葉柄《ささはがら》の小袖は誂《あつら》えたように体に合い、しかも厚手の綿で織り上げられているらしく温かい。

拝殿《はいでん》から出ると、目の前に高峰の連なりが見えた。空の気配は夏、風は秋の涼《すず》しさ、そして山の頂《いただき》には白い雪である。京よりも北にいることは間違いなく、その鋭利で長大な峰の連なりは、信濃や美濃で特有のものだ。

「ここは信濃、仁科の里です」

朝餉の給仕《きゅうじ》にも、起こしに来た男がついた。

「仁科、というと五郎どのの一党か」

「左様です。あの方と我らには直接の血の繋がりはありませんが、我らの惣領でありました」

仁科はかつて信忠が軍を進めた伊那よりさらに北、安曇野《あずみの》と称される盆地の北端に位置する。

汁に菜、そしてよく粒の立った米飯は質素でありながらごく上等なものであったが、妙なことに味がしない。天下人《てんかびと》の子ではあるが、信忠は食事で甘やかされたことはない。戦場に行けば干飯《ほしいい》と味噌と湯だけで何日も戦い続けるし、それが戦う男として当然のことではあった。それでも、砂を噛んでいるような心地であった。

信忠は食べ終わると、自《みずか》ら名乗った。男は驚きを見せないことから、自分が誰であるかわかった上で助けたのだと理解するほかなかった。

となれば、気になることはいくらも出てくる。

「ありがたいもてなしを受けた上であれこれ訊ねるのは心苦しいのだが……」

「右府《うふ》さまは本能寺にてお果《は》てになりました」

「首級は？」

光秀ばらに首を晒《さら》されるなど、許してはおけない。

「炎の中に姿を隠された、と聞き及んでおります」

「そうか……」

敵に己の肉体を渡さないのは父らしい、とも思った。

「いや、俺はあなた方にとっては仇のはず」

「確かに。ですが、霧《きり》さまの命ですから」

男は静かに言い、去ろうとした。

信忠はふと、今がいつなのかが気になった。明智の天下になったのか、それとも織田の諸将が明智に勝ったのか。

「それはまだ、これからのことでございます」

「これから、というと？」

「あの一件があったのは、四日前のこと」

本能寺の変が起きたのは、天正十年六月二日のことである。

「いま一度確かめたいのだが」

信忠は今いるはずの場所と京の距離を思い起こしつつ、日付を確かめた。

「間違いはありませぬよ。三位中将さまは確かに信濃国の北にある仁科の里におられますし、今日は確かに、六月六日です」

信忠も信濃路を知らないわけではない。戦と調略《ちょうりゃく》を進めるために、信濃について学んだことが多くあった。道が険阻《けんそ》であり、京から四日で信濃の北部まで瀕死《ひんし》の怪我人を運ぶことは難しい、という事実も含まれる。

「それは、軍勢に尋常《じんじょう》の道を進ませた時のことでございましょう？」

「たとえ一人で馬を替えて走らせても、四日でここまで至るのは厳しいだろう。そうだ、松は無事か」

「ええご無事ですよ。ここにお迎えしております」

「すぐにこちらへ」

「いまお休みです」

もどかしい、と信忠は立ち上がって片端から戸を開けていく。そして、帳《とばり》がめぐらされている一室にたどり着いた。その部屋に立ちこめる柔《やわ》らかい香りは、懐《なつ》かしいものだった。

「松！」

その枕元を覗《のぞ》き込むと、確かに妻が眠っている。そっと揺り起こす。だが、松の表情は信忠が期待したものとは違った。喜びに潤《うる》むはずの瞳は恐怖に大きく見開かれ、拒絶《きょぜつ》の絶叫《ぜっきょう》が絞り出される。

「どうした。俺だよ」

「ば、化け物……」

松は青ざめ、立ち上がろうとして尻餅をついた。

「夫の顔を忘れたのか」

「わが夫は京にて果てられました。お前のような浅ましい姿ではない！」

這《は》うように逃げる妻を追おうとして、そこに先ほどの男が立ちふさがった。

「松さまを怯《おび》えさせるとは、無礼者め！」

「無礼なのはお前だ！」

怒りを爆発させて拳《こぶし》を男の顔に叩きつけると、妻の姿を探す。

だが、廊下は回廊《かいろう》のようにいつまでも果てしがない。走っているうちに、怒りと悲しみが込み上げてきた。

信忠は怒りのあまり、回廊の床を踵《かかと》で蹴り抜いた。組討ちの技の一つで、投げた相手の頤を蹴り抜くものがある。信忠の得意な体術の一つだ。

ばり、と軽い音がして大きな穴が開いた。堂々巡りから抜けられたと思ったのも束《つか》の間《ま》、穴に落ちかけて慌《あわ》てて踏み抜いた床を摑む。尖《とが》った木の破片が手の肌を貫くが、痛みに手を離しては落ちてしまう。

絶望が重なっていく。どす黒い恨みと怒りが全身を包んでいる。血が流れ、顔にかかった。血が熱い。己のものとは思えぬほどに、血が滾《たぎ》っていた。

「そうだ。お前の中にいる魔神《まじん》の声に耳を傾《かたむ》けよ」

誰かが耳の中で囁《ささや》く。そして目の前には翁《おきな》の面が浮かんでいた。穏やかな笑みを浮かべ、しかしその声は童《わらべ》のように清らかで、かえって不気味であった。

「お前の父は天下を制する前に殺された。その道を継ぐのはお前だ」

確かにそうだ。だが、父は魔物ではないし、武将としてその後に続くのだ。だが、穴の底からはこの世のものとは思えぬ咆哮が聞こえてくる。無数の赤黒い光が眼下に見える。腕から滴《したた》り落ちた血が穴の底に吸い込まれる度《たび》に、光が拍動《はくどう》する。

「見よ。天の下に世があるように、地の下に蠢《うごめ》く者たちがいる。地上の者どもは殺し合い、もはや滅びんとしている」

「違う。これより天下は束《たば》ねられ、栄えようとしているのだ」

信忠は言い返す。

「お前の父が唱えていた天下布武《てんかふぶ》など、永遠に続く戦いへの決意。この日本《ひのもと》を束ねた後は海を渡り、その先へと戦いの矛先《ほこさき》を向けたであろう」

それを否定しようとして、信忠は言葉に詰まった。父が海の外に目を向けていたことは間違いなかった。鉄砲をはじめとする新たな技術や風俗に興味を持ち、耶蘇《やそ》の教えで人々を感化していく手法を学んでいた。

それは何のためか。すぐ近くにいた信忠にはおぼろげながらわかっていた。父の天下は日本だけではなかった。

「そうだ。戦いによって戦いを生み、憎しみと恨みを吸い上げてその力とする。それこそがお前の中に流れている血なのだ。見よ、地の底より這い出した者たちの姿を。奴らも魔王の目覚めを知って喜んでおるわ」

戦うことは嫌いではない。それが日常だった。父が死に、己も死んだことになっているのなら、この誘いに乗ってみるのも面白い。

「さあ、手を離せ。地の底におちて我らの冠を受けるがいい」

だがその時、信忠は強い視線を受けた。射《い》るようなその視線に憶《おぼ》えがあった。上を見ると、一人の少女が彼を見下ろしていた。

「落ちるのか？」

という声が聞こえた。蔑んでいるような、それでいて悲しんでいるような不思議な声だ。穴の底から聞こえる咆哮に埋もれることなく、はっきりと届いた。

「……落ちれば、父の進もうとした道を行ける」

「ならば落ちるがいい。だが、化け物どもの王となったところで、お前はいいように使われてもう一度死ぬだけだ」

「どういうことだ？」

指がもうすぐ離れようとしていた。だが、少女とこのまま言葉を交わし続けたいような気持ちもあった。

「お前は信長の何を見ていたのだ」

そう言って少女は身を翻《ひるがえ》す。無数の赤い点が穴を登ってくる。自分を迎え入れるために。だが、その異形《いぎょう》の者たちを引きいれるために、父は戦ったのか？

「違う！」

信忠は叫び、ぐっと体を引き上げた。摑んでいた木が割れ、落ちそうになる。少女の左袖がゆらゆらと揺れている。そこにある腕を、昨夜の夢の中で引きちぎった。その腕はどこへ消えたか。そして少女の肩口から何が生まれたか。

「来るか？」

少女の問いに、信忠は頷いた。すると少女の背後に闇が生まれた。その闇はやがて人の形をとった。人ではあるが、その大きさは常人の数倍はあった。甲冑のようなものを身につけているように見えたが、それは異様に発達した筋骨であった。

何者だ、と声を上げそうになった時、手が離れた。耳元で風は鳴らず、地の底から聞こえる咆哮が大きくなっていく。

俺は尋常な人だ。魔王などにはならぬ。人の王となるのだ！

目の前に、ごつごつした岩が迫る。それが拳だと気付いた直後には、巨大な手に体をわしづかみにされて穴の上に引っ張り上げられていた。

「魔道に堕《お》ちなかったな」

少女はほんの微かに笑《え》みを見せた。それは、信忠の良く知る、妻とはまた別の女性に良く似ていた。

四

目が覚めると、そこは社の拝殿の中であった。爽《さわ》やかな檜の香りが漂っている。寝床から身を起こして戸を開けると、信濃の高峰が雪をいただいて連なっていた。先ほど見たのと全く同じ光景だ。

「お目覚めになりましたか」

信忠は息を呑んだ。

「竜《たつ》姉さま……」

彼には義理の姉が数人いた。竜はその一人で遠山《とおやま》氏の娘で信長の養女となり、武田勝頼の妻となった女性である。

「それは私の母の名です」

霧、と少女は名乗った。確かに義姉に似ている。むき卵のように白く艶《つや》やかで、どこかはかなさのある竜に、信忠は秘《ひそ》かな思いを抱《いだ》いたこともあった。だから、武田の娘を娶《めと》る際にその名を聞いた時、運命的な何かを感じたものである。だが、義姉の竜姫はもう世を去っていた。

「では、そこもとは諏訪四郎どのと姉上の間に生まれたのか」

こくりと霧は頷いた。闇の中で見た少女と顔は同じなのに、あまりにもまとう気配が異なっていて信忠は戸惑《とまど》った。

そしてその横には、信忠を幻の中に引きずり込んだ仁科の男が座っていた。

「翁童《おきなどう》に化かされていたのだ」

男は事もなげに言った。

「翁童？」

「途方《とほう》もなく老いていながら、また限りなく若い童の形《なり》をしている。この辺《あた》りでは悪さをする妖《あやかし》とも神の使いとも言われている」

神社の拝殿に、三人は座っている。霧の左手は右手と形よく重ねられ、端正な座り姿で目を伏せている。

「また、魃鬼《オニ》と呼ぶ者もいる。人語を話すが人でなく、また神仏の類《たぐい》でもない。古くから山に、そして地の底に潜《ひそ》んでいる。古《いにしえ》より時に地上に現れては人の恨みと憎しみを食《く》らっているのだ」

ふふ、と信忠は笑った。

「俺は魃鬼に化かされて悪夢を見ていた、というわけか。我らに敗れた者たちの怨念《おんねん》が凝《こ》り固まって、取りついたとでも言うつもりか？」

ばかばかしい、と笑うしかなかった。

「幻を俺に見せてなんとする」

さらに笑い飛ばそうとした信忠の目の前で、少女の左腕が鬼の腕に姿を変え、すぐにまた元へと戻った。

「これでも、幻と思われるか」

「先ほどは周りの風景が一瞬にして変わり、そこの霧という娘も奇態なことをして見せた。目の前にいるお前たちが俺に何やら怪《あや》しげな術をかけていないと、どうして言えるのだ」

「いずれが現《うつつ》か幻か、お主は断ずることが怖いのであろう。ここは、織田信長、信忠父子が死んだ世となっているのだから」

鼓動《こどう》が速くなるのを、信忠は抑えられなかった。

「……今は天正十年、六月六日の朝なのだな？」

「そうだ」

男は頷いた。

「先ほどの男は、父は本能寺で討ち死にを遂《と》げたと言っていた。そして俺も、もはやこれまでと覚悟を決めていた。それがどうして、信濃の奥深くに匿《かくま》われている」

「翁童がお前に話して聞かせただろう」

「どうしてそれを知っている」

「翁童に囚《とら》われかけたお前を救いだしたのは、ここにおわす霧さまだ。やりとりは全て聞かせてもらっている」

信忠は座り直し、飯を口にし始めた。米の味も確かに美濃や京のものとは違う。武田攻めの時に伊那のあたりで食べた米は実にうまかった。味噌の味も違う。信濃の味噌は麴《こうじ》が立っていて実に香りが豊かだ。

「よく食べますね」

霧が上品に言った。

「食わねば思案も働かぬ」

味を楽しみながらも、信忠は懸命《けんめい》に今をどう乗り切るべきか考えていた。いまだに術の中にいる恐れはある。だが、飯の味も確かにする。

ゆっくり食べているうちに、心が落ち着いてきた。茶碗の飯がなくなると、霧がよそってくれる。大食いの習慣はなかったし、厳《げん》に自らを戒《いまし》めてもきたが、夜の騒動もあってやたらと腹が減っていた。三度お代わりをして、ようやく箸を置いた。注《つ》いでもらった白湯《さゆ》を飲み干して食事を終えると、清げな小袖姿の娘が現れて、膳《ぜん》を下げていった。

信忠は仁科の男と霧に向かって座り直す。

「夜とは随分《ずいぶん》と雰囲気が違うな」

と霧に向かって声をかけた。

「夜のことはわかりませぬ」

霧は消え入りそうな声で言った。

「霧姫さまは、夜明けと日暮れを境に、心が入れ替わりまする」

仁科の男は霧をいたわるような優しい口調だ。

「また不思議なことを言いだす」

夜の霧姫は、目尻がきゅっと吊りあがり、薄紅《うすべに》のくちびるから牙が覗いているような獰猛《どうもう》さが感じられた。だが、目の前に座っている少女は畦《あぜ》に咲く白い花のように、小さく慎《つつ》ましやかだった。

「ともかく、父が死んだのであれば、俺はこれからのことを諸将と諮《はか》らねばならない」

「それはできません」

「死んだことになっていようが、顔を見せればわかるはずだ」

憤然《ふんぜん》と立ち上がりかけた信忠をとどめ、霧は拝殿から白い布にきっちりと覆われた板状の物を運んできた。

「諏訪の神宝《しんぽう》である鏡ですが、これをご覧いただくのが良いと思いまして」

「諏訪の神宝といえば『真澄《ますみ》の鏡』と聞いたことがある」

「まさに」

「何故《なにゆえ》お前が持っている」

「諏訪の神々の加護を得るべき者だからです」

静かに信忠の前に進んだ霧は、布を取り払った。白木の台に据《す》え付けられた鏡面と、彼の顔が向かい合った。朝の日射しが柔《やわ》らかく差《さ》しこむ客殿で、信忠は悲鳴を上げた。

だが、霧と仁科の男の表情が静かなままであることに気付き、何とか平静を取り戻す。そして、ゆっくりと己の顔の輪郭《りんかく》をなぞった。

「何だ……この顔は」

「あなたのお顔です。三位中将さま」

霧は諭すような口調で言った。だが、到底納得できることではなかった。

「あなたは二条の城で命を落とすはずでした。ですが、為《な》すべきことがあると新たな命を与えられたのです。能楽堂で鬼の面をつけられたはず」

「そ、そうだがこんな顔は……」

信忠の言葉に、霧と仁科の男は顔を見合わせた。

「それは、我ら一族に向かって失礼ではありませんか」

男の顔がさっと形を変えた。鏡に映っている自分の顔と、よく似ている。眼窩《がんか》が窪《くぼ》んで頬骨と顱、そして角が大きく出ている。

「我らの間では美しいとされているのですがね」

また幻を見せられているのか、と信忠は心を落ち着けようと大きく息をついた。

「元の顔をお望みかもしれませんが、あなたのお顔は二条での戦いで焼け焦《こ》げてしまいました。その熱さ、痛みは憶えていらっしゃるはずです。元の顔に戻りたい、とお望みであればできますよ」

「どうするのだ」

「顔を取れば良いのです」

改めて顔に触《ふ》れる。硬く、面のようでもある。能を好んだ信忠は、自分でも面をつけて舞ったこともあった。言われてみれば、その感覚に似ているとも言えた。

「心を鎮めて、元の顔に戻りたいと願うのです」

霧の言葉にすがるように、顔に手を添える。

「耳から引きはがすようにすれば取れます」

何だ、そんな簡単なことで魅鬼から人へ戻ることができるのか。信忠は安堵《あんど》して、面を取り外そうと試みた。だが、激痛が走るばかりでうまくいかない。

「私が取って差し上げましょうか」

霧の腕が形を変える。袖がはちきれんばかりの腕が伸びてきて、耳を摑んだ。めりめりと音がしてまたも激しい痛みが襲う。それに耐えようとしたが、戦に慣れている彼ですら我慢できない痛みであった。

「やめてくれ……」

と頼もうとした時、顔から何かが剝《は》がれ落ちた。眼下には、鬼の面が落ちている。そして、信忠も膝から崩れ落ちた。体に力が入らず、視界も曇《くも》っている。声を出そうとしても、出ていかない。

「今のあなたの顔です」

霧に鏡を見せられて、信忠は卒倒《そっとう》しそうになった。父と母の血を受け継いだ端整《たんせい》な細面《ほそおもて》は、火傷《やけど》と傷で崩れていた。

「これでも、元の顔の方がよろしいですか？　このままにしておけば、あなたはいずれ死にます」

拝殿の外から入るわずかな風が当たるだけで、悶絶《もんぜつ》しそうな痛みに絞めつけられた。顔に指先が触れただけでも、全身に鳥肌が立つほどであった。

「そ、それを……」

震《ふる》える指先で面を指《さ》す。

「俺は……生きたい。生きねばならぬ」

「命の代価を払いますか」

信忠は頷くほかなかった。全ての無念は、生きてこそ晴らされる。

「我らと共に戦って、魃鬼を滅ぼしてほしいのです」

「俺にそんな力が？」

もはや従う軍勢もない。

「力は既にお持ちです」

霧は正宗の小太刀《こだち》を見た。

「それは鬼斬りの小太刀。あなたは力足らず、愚かではありますが、その小太刀との結びつきで我らの役に立つ。我らの役に立つのであれば、この先我らの助けを受けることができるでしょう」

「鬼を斬る力があるなど、聞いた事もない」

「それを知るのはあなたが家を継ぐ時」

信忠の胸に小さな棘《とげ》が立つ。名目上、織田家の当主は彼だ。だが真の当主として天下が認めているかと言われれば、自信がない。

それでも彼は素早く思案をまとめた。鬼だろうが何だろうが、この逆境を越えて父の覇道を継がねばならない。

「それが、生きる術《すべ》ならば……」

自ら面を手に取り、顔につけた。痛みがとれていくと共に、全身に力が漲《みなぎ》っていく。

「俺も、恨みを糧《かて》に、恨みを晴らす鬼となって生きるか……」

選ぶことはできなかった。父を殺され、自身も死んだことになっている。顔を焼かれて命も尽きているはずであった。

「鬼として生きて、何をすべき」

「人の天下よりも、さらに深く大きな世の帝王となればよいのです」

霧は初めて笑みを浮かべた。夜に見たような妖《あや》しさが、一瞬その面《おもて》によぎった。

五

その夜、寝床についた信忠の耳に、啜《すす》り泣くような声が聞こえた。気付くと、濃密な死臭の中にいた。戦陣では馴染《なじ》みの、しかしいつまでもなれることのできない臭いだ。

死せる者が残した痛みと苦しみ、愛する者への思いが渦巻《うずま》いている。壊れ、倒れている死体の一つ一つに、かつては生の喜びがあった。

その思いが、黄昏時《たそがれどき》の戦場に佇《たたず》む翁の面へと集まっていく。何百という恨みを飲み込んで、翁の体が拍動《はくどう》した。信忠は跳躍し、翁の前に立つ。

「やめろ。尋常に死なせてやれ」

笑みを浮かべた翁の面は、微かに顔を伏《ふ》せたまま動かない。

「鬼の面に己を委《ゆだ》ねることを決めたか、奇妙丸。ではお前もわしと同じ」

子供扱いするように甲高い声で、幼名を呼んだ。

「俺は生きねばならん」

「生きて何とする」

「父の志《こころざし》を継ぐ。天下を統《す》べ、平安を、楽土《らくど》を作り上げるのだ」

面は頤を上げた。

「その資格があるか？」

翁が手を開くと、そこに大槍が現れた。穂先だけで三尺はありそうな、よほどの剛《ごう》の者でなければ扱《あつか》えない業物《わざもの》に見えた。ひゅっと振ると、風音が耳元でした。腕に痛みを感じて触れると、血が噴き出している。

「心配には及ばん。拳を握ってみろ」

霧に言われたとおりにすると、傷は塞《ふさ》がっていた。

「お前は我らの力を得ているのだ」

霧の姿を見て、翁は嬉《うれ》しそうな声を上げた。

「奇妙丸を味方に引き入れたか。お前が竜に似ているから、さぞやうまくいったことであろう。交わって精も授けられたか」

「私の知るあなたは、酷であっても品格を失わず、人を嘲弄《ちょうろう》するところがあってもそれは謀《はかりごと》の内から出た深きものでありました」

霧は堂々と言い返している。その言葉を聞いて、信忠は妙に思った。

「それある奇妙も、身についた諸々《もろもろ》が落ちて身軽になったことであろう。本心を言えばどうだ。きんか頭の代わりに、信長の首を奪いたかった、とな!」

翁は楽しげに言うと、大槍を振り回して信忠に襲いかかる。信忠が父の形見の脇差を抜く。武人の本能が内なる鬼を呼び覚ます。戦場に漂う恨みと悲しみの気が面に集まってくる。おぞましく、そして悲しい。今なら理解できる。敗れ、死ぬことの辛《つら》さを。その力を糧にすることを、信忠は謝した。

脇差が太刀へと姿を変えて槍を受け止めた。岩をも砕《くだ》けるようになった腕を弾《はじ》き飛ばす槍先の勢いだ。すぐさま体勢を戻した信忠の剣先と翁の槍先が激しくぶつかり合う。槍から火花が散るたびに、悲鳴が聞こえた。

翁も、戦場に散った者たちの無念を力にして、戦いを仕掛けてきている。

「ほほう、これは大したものだ。足軽どもの恨みですら、集めればこれほどまでの力を発する。お前やきんか頭の恨みはさぞかし大きかろうな!」

怒りが信忠の中に渦を巻く。その濁流《だくりゅう》の中心に、鬼神が立ち上がっていた。紅の涙を流している鬼神と自身が溶《と》け合っていく。

「地の底へ……帰れ!」

咆哮と共に、真っ向から斬り下ろす。翁の面が割れ、信忠の動きが止まった。

「将たるお前は随分《ずいぶん》と見ていたが、士《し》たるお前と槍を合わせるのは実に愉快《ゆかい》なことだな。おい奇妙、人たるわしは光秀の奴に足をすくわれてしまったが、鬼となったわしはそうはいかん。猿がわしの仇を取ったが、所詮《しょせん》小猿よ。人も鬼も、わしが統べてくれる。真の天下布武はこれからよ」

「父上……」

翁の面が変貌していく。漆黒《しっこく》の肥馬にまたがったその姿に、信忠は言葉を失った。そこには、本能寺で果てたはずの父がいた。南蛮具足《なんばんぐそく》に身を包み、長鉄砲を担いでいる。颯爽《さっそう》とした将の姿であるが、その周囲に従うのは鬼面の異形の者たちである。

「苦しみと恨みを兵糧《ひょうろう》とした魑鬼の軍勢、存分に追い使って見せようぞ。わしに従うつもりがあるなら、いつでも来るがよい」

そう高らかに笑って、信長は姿を消した。

信忠の前には、魑鬼の一軍が牙を剝いて咆哮を上げていた。霧が傲然《ごうぜん》としつつも、心配げな視線を信忠に向けている。

「父上が無事で良かった」

「無事ではない。お前と同じように死んだも同然じゃ」

「鬼となったのか」

「もしそうであれば、父につくのか」

いや、と信忠は首を振った。

「天下を奪えというのもただのたとえ話だと思っていた。だが、もはやその考えは捨てた」

瞑目した信忠は、脇差を握りしめると、霧に斬りかかった。目をつぶった霧の背後にいた魃鬼が両断されて倒れる。

「もう一つの天下、与奪《よだつ》の儀《ぎ》を父と争う」

信忠は己に言い聞かせるように、宣《せん》するのであった。

第二章　鬼の城より

一

天正十年、五月下旬の備中《びっちゅう》高松は、おりからの長雨と初夏の陽気が重なり、不快な暑苦しさにおおわれていた。それに読経《どきょう》の音も加わり、将たちは額に汗を浮かべて顔をしかめている。

戦《いくさ》の前に神仏に祈りを捧げる習慣を将たちは大切にしている。もちろん、羽柴藤吉郎秀吉《はしばとうきちろうひでよし》も戦に取り掛かる度に八幡大菩薩に祈りを捧げ、坊主たちに経文を読ませた。

出陣の方角も作法も漏れのないように幕僚たちに厳命するのを忘れない。だが秀吉自身は神仏を欠片《かけら》も信じていなかった。

貧困の身からのし上がった自分が今の地位にあるのは、それこそが神や仏の力と人は言うかもしれない。だが秀吉には確信があった。神や仏の力がなくとも、自分はやはりここにいただろう。

大切なことは、神仏に力があると思っている愚かな連中を味方に引きつけておく努力を怠《おこた》らない、ということだ。

「恵瓊《えけい》師がおいでです」

黄母衣《きぼろ》衆の一人、一柳《ひとつやなぎ》右近《うこん》が注進してきたのを合図に手なぐさみにいじっていた数珠《じゅず》をほうり出した。右近が慌ててそれを拾い上げる。

「通せ。丁重にな」

国をまとめる君主の政《まつりごと》、軍勢を率いる武将の謀《はかりごと》、そして兵たちの戦いぶりによって勝敗は決する。そこに神仏の入る隙間はない。その意味で、秀吉が主君としている信長は、旧来の神や仏は尊重しながらも、政に沿わないものは容赦なく潰した。

秀吉は信長の政や戦ぶりが好きでたまらなかった。

新たな版図《はんと》を得るために、気の遠くなるような努力を一つずつ積み上げていく。たとえそれがうまくいかなかったとしても決して諦めない。

「筑前《ちくぜん》どの」

威厳に満ちた、読経と戦陣に鍛えられた僧侶の声だ。

「備中高松があそこまで沈むとは、さぞかし心中お辛かろう」

秀吉は先にそう言った。

「そこでございます」

「毛利少輔《もうりしょう》どのも心中いかばかりか」

心底気の毒そうに秀吉は続けた。その言葉を受けて恵瓊の瞳が一瞬きらめいたのを、秀吉は見逃《のが》さない。

彼は主君の戦いぶりを真似てきた。もちろんただ引き写していただけではない。より良い戦法があれば、任された軍勢で試してみた。時にうまくいき、時にしくじった。

秀吉の僚将たちは、信長の影響を受けて似たような戦いぶりをする。特に丹羽長秀《にわながひで》などは、信長そのままの政をする。柴田勝家《かついえ》などは信長に近い戦い方をする。

だが自分は、主君を超えようとしていた。その態度こそが主君が求めているものだと、気づいているからである。

その自分をもってしても、中国の大国、毛利を打ち崩すのは容易なことではなかった。こういう時信長は、無理に自力で何とかしようとして自分が壊滅することを極度に嫌う。

息子の一人である織田信雄《のぶかつ》が伊賀を攻めて伊賀国人衆たちに大敗した際、敗北もさることながらその敗れ方に信長は激怒した。

今、秀吉の前に立ちふさがっている毛利という大勢力は、故《ゆえ》なく中国の覇者になっているわけではなかった。

織田家中とは拍子が違うが、やはり勝利のために一つ一つ手順を積み上げていくことができる。そういう武将たちが揃っていた。

覇道の礎を築いた毛利元就《もとなり》はすでにいなかったが、その後を継いだ毛利輝元《てるもと》を小早《こばや》川《かわ》、吉川《きっかわ》といった優れた重臣たちが補佐し、秀吉が舌を巻くほどの働きを見せていた。

己一人では勝ちを得るのは難しい。そう考えればすぐに助けを求めることができるのが己の強みであると秀吉は理解していた。

そして信長は、叱責《しっせき》しつつも求めに応じてくれることが秀吉にはわかっていた。

信長が求めているのは忠犬である。

忠犬でかつ猛犬でなければその期待に応《こた》えられない。秀吉が見るに、僚将でそれなりの地位を与えられている者は、そのどちらかであった。ずば抜けた忠犬も、ずば抜けたも猛犬もいる。

だが、その双方を極めている者はいない。

ただ一人、自分だけがそれを兼ね備えている。初めは忠犬だと思っていた主君の目を、これまでの手柄で覆《くつがえ》した。そして忠犬と猛犬からさらに一歩進むためには、織田家全体の勝利を考える、主君と同じ視野の広さを持つ重臣という立ち位置である。

「右府《うふ》さまは山陰、山陽の五カ国での仕置を許されよと申されているようですが、それは変わりませぬか。その求めこそが戦の源となっております」

「そこを変えるわけにはまいりますまい」

ただ、と秀吉は含みを持たせた。

「わしが命《めい》を受けたその時には、確かにそうおっしゃっていたというだけで」

信長は四方に軍を送っている。

北陸には柴田勝家、甲斐や信濃、関東方面に織田信忠《のぶただ》。そして四国に織田信孝《のぶたか》と丹羽長秀を差し向ける準備を整えていた。

近畿方面軍は長年佐久間信盛《さくまのぶもり》が統括してきたが、石山本願寺《いしやまほんがんじ》攻めの不手際を責められて放逐された。世間から見れば、不手際というものはほとんど見えなかっただろう。だが、信長が戦において何よりも重視しているのが、勝利に向かっていかに手を尽くしているかだった。

表面上動いていなくても、謀をめぐらしているか相手の切り崩しや調略に取り掛かっているかどうかだ。もちろん、佐久間信盛も何もしなかったわけではない。だが信盛は、石山本願寺の巨大さに及び腰になっていたことも否めない。

そこを信長は許さなかった。

佐久間信盛は織田家の家督争いの際、信長に味方して家老筆頭の地位を得た。その後も「退き佐久間《の》」と称されるほどに戦功を立て、政でも一流の腕を見せた。

その彼ですら、石山本願寺に対して最終的には勝利を得たにもかかわらず、放逐の憂き目にあうのだ。

だがこのような主君の振る舞いこそ、秀吉が織田信長を唯一の主君、仰ぎ見る神であると思う証左だ。

「命を受けた時点では、ということですな」

恵瓊が念を押すように言った。

「戦は互いの政の求めるところが得られれば終わります」

秀吉は囁《ささや》くように言った。

「もし毛利の皆さんが我らの提案を話し合ってくださるなら、もう一度殿におうかがいを立てるのはやぶさかではありませんぞ」

恵瓊は厳《おごそ》かな表情のまま頷《うなず》き、自陣へと戻っていった。

二

信長に救援の求めを出してから、秀吉にはふと気になったことがあった。

助けを求めたはいいが、どこの軍勢を出すというのだろう。四方に軍勢が散り、すぐには動かせない。いるのは石山本願寺を始め、紀州、和泉や河内の手当てが一段落した明智光秀《あけちみつひで》の軍勢が、近江坂本《おうみさかもと》にいるぐらいだ。

おそらく二万足らずの人数は動かせるだろう。

それに信長直属の軍勢を合わせれば……とそこまで考えて、いま信長は直属の軍勢をほとんど持っていないことに気づいた。

かつては馬廻《うままわり》衆をはじめ精鋭を多く抱《かか》えていたが、優秀な彼らはすでに一方の将として四方の軍勢に派遣されている。秀吉の軍勢の中にも池田恒興《つねおき》をはじめ信長の近侍出身の者が多くいた。

いま、信長の周囲にいるのは百人ほどの小姓たちであった。彼らは一騎当千の勇者であり、信長の目にかなった聡明な者たちだ。ただ、一つの寺にまとまって滞在する程度の兵力でしかない。

ぞくり、と背筋に寒いものが走ったが、四国方面軍の織田信孝と丹羽長秀が大坂の堺《さかい》にいる。そして坂本には明智光秀が軍勢をまとめていた。三万の軍勢が京を取り巻くように守り、もはや近畿には信長に対抗できる、ましてや京都に攻めのぼるような力を持った大名はいない。

「筑前さま」

黄母衣衆の一人、森吉政《もりよしまさ》が入ってきた。

「また物見の兵が何者かに殺《あや》められました」

そうだった、秀吉は一つため息をつく。

目の前に考えなければならない事があった。毛利軍との戦いは膠着《こうちゃく》状態に入っている。秀吉は信長の援軍が到着するまでは、むやみに動いて兵を損じないように、と考えている。もちろん、その間にも切り崩しは続けるし、警戒を怠る気はない。

ただ、睨《にら》み合いが長く続く中、数日前から奇妙なことが起こり始めていた。斥候《せっこう》に出していた兵が次々に行方知れずになったのである。

要所の見張りに立つ兵は、それなりの技量と経験がないと務まらない。もちろん武芸の腕も必要だ。そのような物見の兵たちが次々に姿を消したのだ。

秀吉は奇妙に思って、さらに凄腕の忍びの者をその中に加えた。敵方が斥候を暗殺して士気を挫《くじ》こうとしている。その恐れが一番大きかった。

だが目の前に運ばれてきた兵の死骸を見て、さすがの秀吉も言葉を失った。

胴体が大きくえぐられ、臓物が抜き取られていた。

「熊にでも襲われたのではないか」

そうこの辺りの猟師に訊いてみると、熊はいるにはいるが、ここまで巨大な牙や爪を持ったものはないという
「やはり物の怪《け》の類《たぐい》かもしれません」

黄母衣衆の森五郎兵衛吉政を秀吉が睨みつけた。

「五郎兵衛よ、わしの嫌いなものを知っているだろう?」

男盛りの黄母衣衆は、そうですな、と頷いた。

「物事を判断する際にそのような怪異を持ち出すな」

「もちろん心得ております」

吉政は秀吉が足軽組頭になったあたりから共に戦っている。

「心得てなお言うか」

「人の体は脆《もろ》く、崖から落ちてこのようなありさまになることもあります。しかし……」

秀吉はじっと吉政を見つめた。何の考えもなくこんなことを口にしないのはわかっ
ている。それでも、やはり怪異のせいであると結論付ける気にはなれなかった。
「まあよい。このありさまを見ればそのように思うであろう。ともかく、あらゆる道
と、抜け道に使われそうな場所に見張りを置け。そして見張りを置いた場所全てを鳴《な》
子《る》でつなげ。何が通ってもすぐさまそこに人数を集められるようにせよ」
近習《きんじゅ》たちが四方に散った後、別の黄母衣衆の一人、一柳右近がじっと秀吉を見つめ
ていた。
「お前もこれが鬼だ化け物だの仕業《しわざ》だと言いたいのか」
「奇妙な噂、といいますか言い伝えを耳にしたのです」
「あまり聞きたくないのう」
秀吉が冗談めかして言うと、右近はまじめくさった顔で、
「このような話がある、とだけお聞きください」
「わかっておる。その言い伝えが何か関わりがあると感じたのであろう？　お前たち
が心を入れて進言しようとしたことを拒んだことはないぞ」
「人を食う鬼の伝説があります。それは言い伝えに過ぎなかったのですが、数年ほど
前から鬼が村に現れ、食われる者が時折出るということです」

「五郎兵衛も右近も童《わらべ》に戻ったかのようだな」

神仏に手を合わせることがあっても、それに頼りきるということはしない者たちが次々に怪異の話をするのがおかしいほどだった。

「それはこの辺りだけか」

「いえ……村の者の言うことですからどこまで確かかわかりませんが、備中備後《びんご》一帯に、鬼が出るという話があるようです」

「山賊や野盗の類ではないのか」

「我らもそう考えていたのですが、この者のように体を大きく抉《えぐ》られたり、引きちぎられたりした痕跡が残っているとのことです」

「たわけたことを言いおる」

秀吉は甲高い声を上げた。彼をよく知らない者は、その貧相な体軀《たいく》と剽軽《ひょうきん》な声色に騙される。だが黄母衣衆たちはこの次にいくつも命が飛んでくることを察して身構えていた。

「これがもし毛利のしていることだとしたら、火元が必ずあるはずだ。噂を流していると思《おぼ》しき者は捕えて厳しく詮議せよ」

三

長い戦はこれがあるから面倒だ。兵は神速を尊ぶ。軍を動かす前に十全の備えができればよいが、毛利のように大きな敵が相手ではそうもいかない。敵将が優《すぐ》れていればその隙を衝《つ》いてくるのは当然のことだ。

「相手も苦しいのかもしれないな」

秀吉は考えた。ここ数年の織田毛利の戦は双方に大きな負担を強《し》いていたが、兵力も財力も織田が圧倒していた。毛利軍がより苦労に持ちこたえていることも秀吉は知っている。

「山陽には鬼がいるのか」

新たに参謀に加わった小寺官兵衛孝高《こでらかんべえよしたか》に訊《たず》ねる。もともと備前の国衆であった彼は、秀吉の西征の途上で降《くだ》り、そのずば抜けた謀才を秀吉に見出《みいだ》された。

「おりますな」

孝高はこともなげに答えた。

「ここにもおります。二匹」

帷幕《いばく》の中には秀吉と孝高しかいない。

「そのような判じ話をしているわけではない」

「ではこう言い換えましょう。鬼に匹敵する者は、我ら二人しかいない、と」

「官兵衛、お前何か知っているのか」

「私だけではなく、このあたりの者なら誰でも。高松城の西北、総社《そうじゃ》に鬼ノ城《きのじょう》と呼ばれる古い城跡があるのをご存じですか」

「……ああそういえば」

さほどの要地ではなかったので思案の外《ほか》にあったが、人の立ち入らぬ急峻な山などに鬼の名がつくことは珍しくない。

「崇神《すじん》天皇の御代《みよ》のことです……」

孝高が語る物語を秀吉は瞳を輝かせて聞いていた。

かつて吉備《きび》一帯を治めていたのは「温羅《うら》」という鬼神だった。鉄の刃に鉄の甲冑《かっちゅう》、その身はあらゆる攻撃を受け付けず、その刃に触れるものは岩であっても両断されたという。さらには変化《へんげ》の術を自在にし、空を飛ぶこともできたという。

話し終えて孝高は一つ大きく息をついた。

「殿は聞き上手ですな」

秀吉は絶妙の間合いで合いの手をいれ、問いを要所に挟んで物語を深めさせた。

「実に面白い物語だが、崇神天皇といえば随分昔のお方だろう」

「左様です。温羅は吉備津彦命《きびつひこのみこと》に討たれ、首を取られたといいます。しかし総社のあたりでは数年前から、鬼に食われたという訴えが頻発していました」

「獣ではなく？」

秀吉はまだ半信半疑だった。

「そうかもしれません」

孝高は言葉を濁す。

「私もこの目で見たわけではありません。ですが、昨今の物見の兵たちが殺される変事を見ていると、あながち全くの作り話とも思えない」

「ふうむ……」

秀吉はゆったりと歩き回りつつ考え込んだ。

「その鬼、吉備津彦という者に討たれたのだよな。魚に変化したところを鳥に化けた吉備津彦が啄《ついば》んだと」

「そのように伝えられています」

「つまり、鬼は不死でも不滅でもない。倒せる者はいるし、倒しようがあるということだ。そして使いようもある」

「……鬼を使うのですか」

「城攻めも楽になるぞ」

「考えたこともありませんでした」

その時、黄母衣衆の一人、森吉政が慌てふためいて駆け込んできた。

「何事か」

「上さまが……上さまがお果てに」

「まず落ち着け」

秀吉は手ずから椀に水を汲み、吉政に手渡した。

「落ち着いています。これを……」

それは厳重に蠟《ろう》で固められていたと思しき書状であった。その文面を読み進めるうちに秀吉の手は震えてきた。

「これを持っていた者は？」

「自害をはかりましたが捕えております」

「詭計《きけい》の恐れがあります」

孝高はあまりにも唐突すぎると首を振った。

「右府さまが惟任《これとう》さまに討たれるなど、筑前さまの軍を動揺させるにはこれ以上ありませんがそれだけに真《まこと》かどうか慎重に吟味せねばなりません」

秀吉は目を見開いたまましばし動かなかった。もしここで軍を返せば、時間と兵の命を費やして進めてきた備中高松城の攻略は失敗に終わる。

「官兵衛、恵瓊に使いを送れ」

「何と言い送りますか」

「間もなく城を落とす。共に堂々と戦おう、と」

「正気ですか」

その意味するところは皆殺しである。

「まあ最後まで聞け。ただし、我らは高松城諸士の勇猛不屈の戦いぶりを高く評するものである。このまま城を落とし、勇士たちの命を奪うのは忍びない。城将清水宗治《しみずむねはる》どのが名誉ある死をもって全てを背負われるというのであれば話は別だ、と」

「毛利が受けるでしょうか」

清水宗治は長年にわたって毛利家に忠節を尽くしており、人望も厚い名将である。彼を見殺しにすることは毛利の沽券《こけん》にかかわる。

「城が沈んでいる今となっては受けざるを得まい。毛利には知恵者が揃っているからな」

「だからこそ我らの魂胆を見抜くのでは」

「知恵者が揃っている、と申しただろう？　知恵者同士の考えをすり合わせて最善の答えを導き出すのだから、堅実な答えが返ってくる。あとは……何人《なんぴと》であれ街道を往来する者は捕えよ」

秀吉は恵瓊との交渉の際も、常の様子と一切態度を変えなかった。秀吉からの提案に恵瓊は驚き、毛利軍諸将の意見も割れたが結局はその提案を受け入れることになった。秀吉は清水宗治に酒を贈り、これまでの戦いぶりを称える一方、主だった将には陣払いの用意をひそかに進めるよう命じていた。

六月四日の朝、清水宗治の見事な切腹と、飢えで餓鬼のようになった城兵の救護を進めている。そして深更になっても秀吉は眠っていなかった。無数の使者を東へと送り出している。

それは一郡の城主から一村の土豪に至るまで多様だが、その多くが京への道筋にいる者たちだ。道を整え、先ぶれの合図で飯を炊いて道沿いに並べて篝火《かがりび》を焚けというものであった。

だが、秀吉は四日夜になっても出立の命を下さなかった。秀吉自身は毛利軍は動かないだろうと見ていた。「古き利口者」の集まりである毛利の諸将は一度和睦を決した以上、ここから急戦を仕掛けてくることはない。

むしろ織田軍の攻撃に備えて守りを固めるはずだ。軍勢を一旦守りの態勢にしてしまうと、攻めに転じるには時間がかかる。将領の才覚、特に果断さが関わってくるが、高松城の救援に来ている毛利軍にその果断さはないと秀吉は考えている。

だが、動けないのには理由があった。

四

秀吉は無数の命を下しすぎて舌が上あごにつくほど口を動かし続け、さすがに疲れを覚えて床几《しょうぎ》に座っていた。食って寝ることはよく働くための基だ。秀吉はどんな苦戦の中でも飯がうまかったし、三つ数えれば深い眠りに落ちることができる。

恐ろしい戦場も、秀吉が幼き頃に頭の先まで沈められていた貧窮と飢餓の世界よりも何百倍もましだった。軍中では飢えることはなく、勝てば褒美ももらえる。手柄を立てればこのように身も立つ。

「……おい、新右衛門はいるか」

黄母衣衆の一人である三好房一《みよしふさかず》を呼ぶ。だがいつもなら間髪を入れず目の前の現れる近侍の切れ者がいくら呼んでもこない。それどころか帷幕の周囲から人の気配が消えていることに気付いた。

秀吉は太刀を引き寄せ、ゆっくりと腰を上げる。秀吉は武勇に自信があるわけではないが、その身に傷を負ったことは一度しかない。傷を負えば十全の働きができない。傷から熱でも出せば頭も働かぬ。傷を誇るなど阿呆のすることだと蔑《さげす》んできた。だが、戦いを恐れているわけではない。生き延びるための戦いなら何度も潜《くぐ》り抜けてきた。しかし、何百という精鋭に守られている本陣が無人の気配になるなどこれまでなかった。

奇妙なことに、剣戟《けんげき》のぶつかる音も断末魔の叫びも聞こえてこない。銃火の轟音《ごうおん》も弦《つる》が風を切る音もせず、ただ篝火の薪《まき》がはぜる音が時折聞こえるだけだ。

「官兵衛、五郎兵衛……」

側近の名前を続けて呼んでもやはり返事はない。重く湿った風に異臭が混じっている。この臭いは秀吉にとっては馴染《なじ》みのものだ。死体が積み上がり誰も供養する者がいない戦場が放つ、不愉快だが、ある種の甘さを伴った風だ。

帷幕の向こうから、鎧《よろい》ずれの音が聞こえる。秀吉は静かに太刀の柄《つか》に手をかけた。

篝火の炎で揺らめく闇の中から、全身をぬめらかな鋼の胴で覆った人影が、槍を担いで進み出てくる。二尺ほどもありそうな穂先の大槍は、秀吉も見たことのない三叉《みつまた》だ。

「藤吉郎、大儀」

ああ、疲れから夢を見ているのだな、と秀吉は思った。深い眠りが身上の彼はほとんど夢を見ない。悪夢にうなされることもほとんどない。だが、人生の節目に不思議な夢を見ることはあった。

信長に仕える前の夜、はじめて近江三郡と長浜を信長から託された夜、と二度しか記憶にはなく、その二つの夢共に信長が関わっていた。

「よくぞご無事で」

夢でも嬉しい。が、決して真でないことは信長の異相を見て理解せざるをえない。そのくちびるを牙が噛み、形のよい頭に角が生《は》えている。鬼となられたのだ、と秀吉は内心嘆息を漏らした。

「きんか頭にしてやられた」

「ご無念、必ずや」

「猿、貴様に人の世をやる。鬼はわしが統《す》べよう」

「は……」

夢の中とはいえ主君の命だ。荒唐無稽《こうとうむけい》だとは思いながら、秀吉は畏《かしこ》まって命を受けた。

「明日の朝、一人の見目のよい若い法師が陣を訪れる。大和《やまと》の元興寺《がんごうじ》より来たと名乗るその者がわしの使者であり、わしとの仲立ちをする者と心得《こころえ》よ」

再度頭を下げたところで、急に目の前がぐるりと回った。気を失ったと思った瞬間、頬をはたかれる痛みに飛びあがった。

「殿、ご無事で！」

三好房一がもう一発頬を張ろうとしていたのか、大きく手を振り上げているのが見えた。

「首がもげるわ。ばかもの」

秀吉は全身が汗に濡れているのに気づき、替えの衣を持ってくるよう命じた。そして翌朝、一人の若き僧が陣門を訪れ、制止にかかった兵たちを雷光のような術で吹き飛ばしたと聞き、夢が夢でなかったことを知るのであった。

第三章　月の怒り

一

信忠《のぶただ》は霧《きり》と共に都への道をたどっていた。美しい小袖《こそで》姿を旅衣《たびごろも》に替えた霧は、信忠を上回る速さで急峻な山道を進んでいる。都へ向かいたい、と霧に頼んだのは信忠だった。父が死んだことも自分が鬼になっていることも、何も信じられない。

「ともかく、都で筑前《ちくぜん》や五郎左と会わねばならん」

無駄なこと、と霧は言った。

「屍人《しびと》が現れて誰が喜ぶか」

「俺は死んでいない。こうして生きている」

「その顔と声で、岐阜《ぎふ》中将とわかってくれるでしょうか」

霧の冷静な言葉が腹立たしかった。

「傷で顔形が変わるのは珍しいことではない。諸将も俺と会えばわかるはずだ」

国や郡、村ごとに千々《ちぢ》に漂《ただよ》っていた天下をまとめようとしていたのが、父信長《のぶなが》だった。父がいつから天下への大望を抱《いだ》くようになったか、聞かされたことはないし聞こうともしなかった。

信忠が元服した頃には、信長はすでに尾張《おわり》の守護代の奉行という立場からは脱却し、国持《くにもち》として周囲を睥睨《へいげい》していた。

先代信秀《のぶひで》の頃より支えていた者たちに加えて、かつては家格が高かった織田一族、美濃《みの》や伊勢《いせ》の国衆が父の前に頭を下げているのも当たり前の光景だった。

「俺はその後を継ぐべき男だぞ」

「二条城で死ななければそうだっただろう」

霧は振り向かず、歩き続けていた。

「こうやって生きている」

「肉体が生きていることとその者の命があることは別だ」

「ばかばかしい」

一目会えば、と信忠は先を急ぐ。

父の背中が大きくなるほど、敵の姿も大きくなった。多くを味方につけ、多くを敵に回し、そして多くの味方に裏切られながらも、信長は少なくとも信忠や家臣たちの前で怯《ひる》んだりためらったりする様子はなかった。

忍耐強いが、一度断を下せば、それがいかに酸鼻《さんび》な光景をもたらす決断であったとしてもそれを翻《ひるがえ》すことはなかった。時に人はその果断を見て悪鬼《あっき》や魔王《まおう》と恐れたが、信忠に言わせればそれはあくまでも英傑としてのそれであって、人から離れたものでは決してない。だからこそ人は信長に、織田家に忠誠を誓う。

今、織田家の当主としてその忠誠を受け止めて天下の安寧のために働くのは自分だ。

「皆が魔王というのだから、そのようにしておけば良いのです」

霧は冷ややかな声で言った。

「奇妙丸《きみょうまる》はそうやって鬼の面をつけ、魔王の子というにふさわしい風格をもちました。自ら感じ取られたことでしょう。これまでの武勇とは明らかに異なる類《たぐい》の力が、その身に宿ったのですよ」

「ではなおさら主君としてふさわしいはず」

言い返したが、決して愉快なことではなかった。深い緑の中を進みながら、己の顔にそっと触れてみる。名は知らぬが、おそらく名人の域に達しているであろう巧みな拵《こしら》えに感心する。

檜《ひのき》を彫り抜いた面でしかない。だが信忠は触れる指先に、これまでにない異変を感じ取っていた。いくら面の下に血肉の通った皮膚があるとはいえ、その面自体がぬくもりを持ち、脈打つなど考えられないことだ。

「それも当然のこと」

霧は得意げに言った。

「その鬼の面は……いや、鬼の魂はすでに奇妙丸の一部となりつつある。お前は鬼の一部であり鬼はお前の一部だ」

「それは困る」

信忠は困惑した。

「ではその面、もう一度剝がしてみるか。今のお前たちの繫《つな》がりは、先ほどの戦いを経て強まっている。結びつきを無理やり引き剝がすとなれば、痛みはいかほどになるかな」

「痛みを恐れているわけではない」

夜になると霧は冷酷さを隠さなくなった。

信忠は夜の少女は夜霧で、日が昇っている間の可憐《かれん》で優しい少女のことを朝霧のようだ、と内心思い、それをとうの「夜霧」に告げてみた。

「なんだそれは」

夜霧は鼻で笑う。

「趣《おもむき》があるとでも思っているのか」

「気に入らなければやめておく」

「……好きにすればいい。朝も夜も同じだと紛らわしいからな」

仕方なく許してやる、と夜霧は受け入れた。

父の身に起きていることも己の身に起きていることも、そして天下に押し寄せている激しいうねりも、全てが納得できないことだらけだ。

だが信忠は、たとえ形の上だけであっても、織田家の家督を譲られた身である。少なくとも、父が本能寺で命を落とす前までの天下の情勢には通じているつもりだった。

信忠が総大将となって、武田勝頼《たけだかつより》を滅ぼし、小田原北条氏を除く関東一円を影響下に収めたことは、偉業であると言ってよかった。統治を進め、織田家の軍団に組み込むところまでできていれば、光秀《みつひで》など簡単に滅ぼせただろう。

「あのまま俺が東国に留《とど》まっていれば……」

武田攻めが完了した後、関東には河尻秀隆《かわじりひでたか》と滝川一益《たきがわかずます》、毛利長秀《もうりながひで》らが残された。皆、信長だけでなく信忠も深く信を置いた歴戦の勇将である。もし本能寺で父が倒れてもすぐさま諸将を糾合《きゅうごう》し、山崎《やまざき》で父の仇を討っていれば天下の流れを手元に引き寄せることができただろう。

「逃した魚を味わうのは楽しい？」

夜霧はにやりとくちびるの端を上げた。

「……戦《いくさ》と政《まつりごと》に『もし』は禁物だ」

「そう言いつつ、過去を悔《く》いずにはいられない」

「悔いるには至ってはおらん。まだ手を尽くしきってはいない」

信忠は不機嫌になって立ち上がった。京都は繁華な都だが、数里離れた貴船《きぶね》の山中には幽玄の気配が漂う。木立の中に名もわからぬ廃寺がある。信忠と霧は信濃から「山の道」を通ってやってきた。

「まずは光秀が謀叛《むほん》に至った理由を知りたい」

信忠はそう望んだ。

「諸将はもはや理由など考えていないでしょう」

信長に本領を安堵されていた大名や国衆たちは、そのよりどころを失って慌《あわ》てふためている。明智《あけち》光秀に誼《よしみ》を通じたものは信長のあっけない死にさらに青ざめたことだろう。

皆が家と土地を守ることに必死で、もはや覇王が股肱《ここう》の臣に謀叛を起こされた理由など考えている暇はなかった。

「だが俺にはその時があるし、理由がある。お前たちが滅びた民の暮らしを守り続けているのに故《ゆえ》があるように、俺にもそうせねばならぬわけがある」

霧は諦《あきら》めたように肩をすくめた。

「ただ父の仇の無様な末路を見たい、というわけではなさそうだな」

そう言ってまた歩き出す。

二

信濃から都に出るのは中山道《なかせんどう》か北陸道を使うのが普通だが、霧に先導されて進む道はそのいずれとも違った。道はわずかに踏み跡程度でしかない。獣道《けものみち》に似た険阻《けんそ》な道だが、時に人とすれ違う。

大きな荷を担いでいる者もいれば、堅牢《けんろう》そうな小柄な馬を曳《ひ》いている者もいる。ただ常の街道と違うのは、信忠の鬼の面を見ても誰も怯《おび》えたりせず、表情一つ変えなかった。

「山の中では奇異であることは驚きにはならないのです」

朝霧は言った。

「それは、鬼の血を引くお前はそうかもしれないが」

「血ではなく、この道を通ることを許されているかどうか、です」

「許しがいるのか？」

「許されていなければ、谷底で屍《しかばね》となって転がっています」

わずかに目を伏せて朝霧は言った。

「その許しは誰が下すのだ」

「私です」

真面目くさった顔のまま少女は言った。

「そこまでの力を持っているのか」

「私だけではありませんが」

「だけではないとはどういうことだ」

霧は小柄で歩幅も大きなわけではない。だがどういうからくりか、信忠の早足に先んじて追いつかれることがない。

「人の世は命を下す人が一人だけですか？　土豪、国人、大名、寺社、公家や皇族……誰の命を聞けばいいのか理解している者は少ない」

「……父上がそのあたりをまとめようとしていた」

「過ぎた願いです」

あと一歩だった、と言いかけた時、異様な気配に気付いた。

獣道の向こうから大きな影が近付いてくる。凄まじい獣臭を伴った影を見て、信忠は熊だと判じた。確かに、その影は長大な四肢と巨大な爪を隠すことなく進んでくる。だがその肩の上にのっているのは穏やかな少年の顔だった。

信忠は思わず足を止め、道を譲る。熊の少年も信忠の前で足を止めると、微笑を浮かべたまま信忠を凝視《ぎょうし》した。表情は穏やかだが、細い目の奥から漏れ出てくる光は猛獣のそれだった。

何十人と敵を屠《ほふ》ってきた武人だけが醸し出す気高く、そして凄惨な気配だ。

「そのお面」

声も軽やかな少年のものだった。

「取って差し上げましょうか。さぞや苦しいでしょう」

「この面が何か、お主にはわかるのか」

こくりと頷《うなず》くと同時に巨大な爪の先が光を跳ね返して光った。信忠が霧の方に目をやると、いつの間にか二人から大きく間合いを取っている。

「わかるよ。あなたには不似合いなものだ。ねえ、僕に頂戴《ちょうだい》よ」

玩具《おもちゃ》をねだるような声音だが、両手を大きく広げたさまは獲物に狙いを定めた猛獣そのものだ。

「……化生《けしょう》め」

「それ、僕に言っているの？ 己のことではなく？」

傷ついたようにうなだれた次の瞬間、冷たい烈風が襲い掛かってきた。後ろに飛び下がるがそこには雑木が生《お》い茂っている。

「取ってあげる」

笑みは満面に広がっていた。信忠は遥か遠くで成り行きを見つめている霧をもう一度見た。表情を消し、悲鳴を上げるでも驚くでもない。戦っていいのか、殺していいのか、判断がつかなかった。

「同じですよ」

霧のくちびるが動いた。

何が同じなのかはわからなかったが、戦うなと言っているわけではなさそうだった。

その熊男の鉤爪《かぎづめ》は、信忠の戦意を確かめてより長く鋭くなったように見えた。大槍の穂先ほどの凶器は、それ一本でも信忠の首を斬り飛ばしそうなほどに、鋭く光っている。それに対して、信忠の手元にあるのは父から拝領《はいりょう》した、正宗の脇差一本である。

巨軀《きょく》にもかかわらず、熊男の動きは敏捷《びんしょう》だった。

爪と脇差が何度もぶつかり、その度《たび》に信忠の体は大きく飛ばされる。

この怪物と互角以上に戦うには鬼の力を借りるしかない。だが、先だっての戦いで、その力を発揮するためには誰かの怒りや悲しみを糧《かて》にしなければならないと知った。しかし今度は、霧が力を貸してくれる様子はなかった。

それもそのはずで、この熊男は霧の仇でも何でもない。熊男は微《かす》かに笑みを浮かべたまま己の有利を確信したのか、無造作に腕を振り上げる。その斬撃《ざんげき》は正確無比であった。振り下ろされた爪は、信忠の背中に当たっていた杉の巨木をたやすく裂き、さらには砕《くだ》け散らせた。ただ殴りつけたのでは決してこうはならない。

「きさまも鬼の類《たぐい》か！」

次の一撃を脇差で受ける。鍛え上げた五体が骨まで砕けそうな、反撃しようにも脇差ではかすり傷も付かない。

「頼るな」

誰かが耳元で囁《ささや》いた。

三

「霧か?」

じっと見つめている少女は、劣勢の信忠を声援するでもなく、ただ冷ややかに眺めている。だが、頼るな、と繰り返すくちびるの動きは見えた。

この面自体が持つ力を使えば、この熊男とも互角に戦える。だが、信忠は躊躇《ためら》っていた。この面を使った後、己を見失う瞬間があった。全てをこの鬼に奪われ、己が己でなくなっていく。鬼に近付いていく……。

そのことへのためらいが、信忠の動きを鈍らせた。

「二回も死ねるなんて幸せな人ですね」

霧の声がまた聞こえた。

「愚か者に三度目はありませんが」

「黙れ」

信忠は一喝したが霧は怯んだ様子を見せなかった。

なぜ、二条城と共に焼け落ちたはずの命がここにあるのか。名も知らぬ異形の若者の手にかかって倒れるためではない。

「どんな英雄も」

熊男は微笑《ほほえ》みながら言った。

「一夜にして死体になる。一国一城の主《あるじ》が、いや天下を半《なか》ば奪いかけた英傑でさえも、百姓の手にかかってさらし首になるんだ」

信忠はこの男が、たまたま現れたわけではないことに気付いた。織田信忠が通りかかると知った上で、襲いかかってきている。

「魔王の息子、今度は鬼王の面をつけてぼくたちを痛めつけるのか」

穏やかな笑みの下に、憎悪と殺意が渦巻いている。

「何の話だ」

「大将のくせに知らぬふりするの」

怒りに蔑《さげす》みも加わっている。

「知らぬことを知っているとは言えぬ」

命を落とす前は、怒りや恨みをぶつけられることは珍しいことはなかった。大軍勢を率いて激しい戦を繰り広げれば、多くの武人はもとより、百姓である足軽たちも戦場に近い無辜《むこ》の民も当然多くが犠牲になる。

人々の多くは、それが致し方のないことだと諦め、ただ黙って災厄が頭上を通り過ぎるのを待っている。勝ちも負けも、富も権力も、すべては一場の夢である。一夜にして得ることもあれば、一夜にして失うこともある。だが失ったものを永遠のものとして、失ったことを認められない者もいる。

俺は違う。

信忠は必死に頭からその考えをふるい落とそうとした。

一撃ごとに、熊男の間合いは縮まっている。その大木の幹のような腕で、組み伏せようとしているのだと信忠は気づいた。

「俺の首が欲しいのか」

「欲しいのはその面だ。面か首があれば仲間が喜ぶ」

信忠は突然、その怒りが全身の毛穴という毛穴から自分に染み込んでくるのを感じ取った。

「俺がお前に何をした」

「非道を重ね過ぎて全てを忘れたか」

男は酷薄な笑みを顔に張り付けたまま、表情を動かさなくなった。それがかえって不気味だった。

「そうではない。戦乱の世のならいだ」

「世のならいだって？」

笑みがより凄愴《せいそう》なものへと変わった。能面の怪士《あやかし》のように、異様な殺気を伴った微笑を浮かべている。信忠は相手が深い恨みを自分に持っていることを理解はしたが、それはごく致し方のないことだと思っていた。

「お前だって父ちゃんが命を落としたことを気にしてるだろ」

「それは……天下の政に関わることだからだ」

「政に関われば恨みも尊《とうと》いものになるの？」

男の問いに答えに詰まった。

「右大臣にまで上り詰めた天下人《てんかびと》の跡継ぎだから、その恨みや疑いは尊いとうぬぼれているのかよ」

微笑を崩さない、怪物は全く息を乱すことなく、鉤爪を叩きつけてくる。その度に何本かの木が折れ、岩が砕かれた。

このままでは殺されてしまう。恐怖を感じた時、全身に汗が滲《にじ》んだ。激しい火傷《やけど》のせいでもはや汗をかくこともできない顔の皮膚にも、じっとりと冷たいものを感じる。

二条城で命を落とす寸前にもなかった、恐怖の向こうに誰かが立っている。それは父が焼け落ちる本能寺で見せた最期の姿のように思えた。

「父上……ではない」

より巨大な気配を伴ったその影は、目の前に立つ熊男とはまた別種の、たとえるなら高い岩壁を目の前にした時のように足を竦《すく》ませる。

神々しく、恐ろしげな気配を漂わせているのに、その輪郭は周囲の光景に滲んで判然としない。何かを告げようとしている。信忠は数歩前に出たが、洞穴の中で響いている風音のように殷々《いんいん》として、何を言っているのかはわからない。

その影は地面につきそうなほど長い手を伸ばし、信忠をさし招いた。誘われるようにそちらへ意識を向けたところで、行ってはだめだ、と己の内に在《あ》るものが引きとめようとする。

そこでようやく信忠は気づいた。その影は己の内に在るもの。自分の顔に張り付いて、その魂魄を支配しようとするものだ。

「お前の力は借りぬ」

「魃鬼《オニ》に勝つのに魃鬼の力を使わずにはいられぬ」

諭《さと》すように声は言う。

「お前はもはや、我が力なくして在ることはできぬ」

「受け入れよというのか」

「執着《しゅうじゃく》を捨て、全てを私に委《ゆだ》ねればよい」

「鬼のくせに坊主のようなことを言う」

「鬼と仏は表裏一体。お前の父はその境地に達した」

「偽りを申すな」

信忠は面を叱りつけた。

「この顔の居心地がよいのであれば、しばしいればよい。だが、俺の行く先を決めるのは俺自身だ。執着から離れることが仏になるのだとしたら、仏になどならぬ」

「だからこそ鬼となれ」

「ならぬ。だが、貴様の力は使ってやる」

鬼の影は驚いたように身を震わせ、次に哄笑《こうしょう》した。

「面妖《めんよう》なことを言うが、その器量が奇妙丸にあるなら、力を貸してやらぬこともない」

信忠は面にそっと触れた。鬼の面は沈黙している。

力をこめて面を外そうとした。火傷を負ったくちびるに痛みがはしる。口が大きく開き、呪いが口から流れ始めた。

ひきつれた皮膚が裂け、血が流れる。頤《あご》の先からぽとりと血が滴った。その赤い血潮が、大きな炎となって信忠の全身を包んでいく。

四

「これは……何かの真言」

唱《とな》えるつもりはないのに、口が勝手に呪《しゅ》を発し始めている。

熱く、そして冷たい何かが焼けただれた皮膚を通じて流れ込んでくる。とてつもない苦痛と甘美な快楽が共にそこにある。一瞬の躊躇いの後、信忠はその流れを受け入れた。全ての筋、全身の骨が軋《きし》みを上げて変質していく。

見上げていた熊男が眼下にいる。

「その力、お前には不要だ」

「この戦い、俺たちには不要だ！」

信忠は相手が下がってくれることを願っていた。信忠の鬼の力は、周囲にいる者の憤怒や憎悪を吸い取って己の力とする。

「やめろ」

熊男の表情と声に初めて揺らぎが生じた。

「人の怒りと悲しみを奪うな」

奪うつもりはない。鬼の力が吸い込むのだ。

「その怒りと悲しみは俺だけのものだ！」

雷光の鋭さで鉤爪が襲い掛かる。怒りを失っても、敵意は衰えない。信忠は相手が恨みだけでなく、己の腕を試したいと願っているのを悟った。

「では尋常に組もう」

信忠の呼びかけに、男は再び微笑を浮かべた。その笑みはそれまでの貼り付けたようなものとは違い、心から嬉しそうなものだ。ちらりと霧を見ると呆れたように肩を竦めている。信忠は脇差を鞘に収めた。

「我は尾張の生まれ、織田右府《うふ》が子、左近衛中将勘九郎信忠と申す。貴公、名は？」

「な、何故名乗る」

「いずれの家かは知らぬが、その武技は見上げるべきもの。武人として戦いたい」

その名乗りを聞いて若者の瞳が大きく見開かれた。互いに名乗り合うのは戦の作法であるが、信忠が経てきた戦でもそのように悠長なことをしている暇がなくなりつつあった。戦の最前線で戦う者は下知《げち》によって突撃し、旗印や僚友の目があったとしても華やかな一騎がけ、周囲が息をのむ一騎打ちの場面は少なくなっている。

「く、鞍馬《くらま》の月輪《げつりん》と申す」

名乗り慣れていない様子で若者は答えた。若者は爪をしまっていた。純粋に組打ちで優劣を競いたいらしい。信忠もその意気に応《こた》えるために鬼の力を収めようとした。

「違う」

月輪は激しく首を振った。

「俺は鬼の王と戦いたいんだ」

自分がそうなった自覚はなかったが、この若者の願いを容《い》れる気になっていた。腰を落とし、一気に突っ込んできた月輪を受け止める。

やはり強い……。

信忠は舌を巻いた。組打ちは何度も経験してきたし、つわものとぶつかり合ったこともある。だが、これほどの当たりはそうない。組打ちは倒して首を掻くために行う。得物《えもの》で相手に傷を負わせてとどめを刺すことが多いが、あらかじめ組もうと意を合わせることもあった。

ただ、月輪の組打ちは強いが、粗かった。

「戦に出たことがないのか」

平らかな心で戦っていた若者の心に大きな波が立った。その隙をついて信忠は月輪を組み伏せる。勝負あった、と言いかけた瞬間、光芒《こうぼう》が閃《ひらめ》いた。月輪が含み針を放ち、収めていた鉤爪が鼻先を掠《かす》めていった。

戦での卑劣な行いは、どのような報いを受けても仕方ない。戦に詭道《きどう》はなく、勝ちを得た者が正義だ。だが通すべき筋はあるし、武人であれば心得ていなければならない。信忠はためらいなく月輪を殺そうとした。

「やってしまった」

申し訳なさそうにくちびるを歪《ゆが》める月輪を見て、その手を離した。

「やってしまった？」

「ぼくは全《まっと》うな戦い方を知らない」

「謀《はかりごと》と暗器で戦ってきた影働きの類か」

手を差し出すと、月輪はためらいを見せた。

「こういう隙に乗じて相手を殺すんだ」

「隙に乗じて殺してみるか？」

「いや、もう無理だと思う」

月輪は膝を抱《かか》えて顔を伏せた。

五

「織田家の軍勢にぼくの一族は殺された」

「鞍馬といったな」

都から近く、都を訪れる機会の多かった信忠も何度か足を運んだことがある。ただ、鞍馬は往時の力を失っており、織田家の軍勢がそこに攻め寄せたという話は聞いたことがなかった。

「いや、確かに織田家のものだ」

そこは譲らなかった。

織田家の軍勢と一口に言ってもその構成は雑多だ。一族の連枝《れんし》衆や譜代《ふだい》衆だけでなく、織田の勢力が広がるにつれて各地の国衆や大名、土豪や寺社など幅広い。

「不埒《ふらち》な者どもが厄介をかけたのか、それとも織田家を騙《かた》る者共が悪行を働いたのか……」

「そんなことはどうでもいい。織田家の旗印を掲げた軍勢が攻め寄せ、一族を滅ぼした。その事実は変わらん」

話を聞いているうちに、疑念が湧いてきた。月輪は一族の中でも年若く、武術も未熟だと言っていた。謙遜が過ぎると思うほどにその強さは凄まじいものであったが、もしその言葉が真実だとして、それほどの強さを持つ者たちがそう易々《やすやす》と滅ぼされるだろうか。

「里の世界に未練を持つ者がいた」

「未練？」

「敵に寝返る者がいたということだ。一族の重鎮、大徳でありながら仲間を裏切って織田家に味方した」

「待ってくれ」

信忠は次第に怒りに染められていく若者を制した。

「織田家にそのような者が降《くだ》ってきたなど、聞いたことがない」

「勘九郎さま。織田家の家督を継いだという ご身分であっても、父君の全てを受け継いだという訳ではないですよね」

そう言われると返す言葉がなかった。

明智光秀と父の間に深い確執があったことは、本能寺の一件があるまで知らなかった。

信長はああ見えて用心深い。もし光秀に逆心を感じ取っていたなら、一万を超える軍勢を近江坂本に勢揃いさせていた光秀に対し、何も警戒していない、ということはなかっただろう。

「謀叛を誘っていたのかな」

月輪の言葉を信忠は即座に否定した。

「父が自ら命を縮めるような真似はしない。政も戦も次の一手を打ち続けていた」

「でも魔神になったのでしょう？　それは予期しておられましたか」

「それはそうだが……」

確かに自分は父のことを全てはわかっていなかった。あのように魔界に誼を通じ、その邪《よこしま》な力を使おうとする。

だがどう考えても、信長の政は決して怪力乱神《かいりょくらんしん》を使って一足飛びに全てを手に入れようとはしていない。むしろ、敵の領土を一寸一寸切り取るような地道な調略と、勝負時とみた際の大軍勢を動かしての一気呵成の戦ぶりで版図《はんと》を広げてきたのだ。

「そして無益な殺生もしない」

鞍馬の月輪の一族を滅ぼした者たちは、織田の旗を掲げていたと言う。京都近くの軍団をもともと率いていたのは、織田家譜代の臣であった佐久間信盛《さくまのぶもり》だった。信長が家督を継いだ当時から、最も上席を与えられた老臣であり功臣だった。

その信盛は大坂の石山本願寺を長きにわたり囲んでいたが、その働きに怠《おこた》りがあったとして、全ての職を解かれた。信盛はそれまで積み上げていた富も名誉も全て捨て去り、息子とただ二人高野山《こうやさん》へと登った。

信長はその憐《あわ》れな様子にも許す素振りは見せず、結局信盛は失意の中で十津川《とつかわ》郷の名も無き村で命を落とした。

「他の村は？」

「襲われだしたのは数年前だと聞いているよ」

石山本願寺を囲んでいた軍勢は八カ国十万人を超える大軍勢だった。それは信長の佐久間信盛に対する信頼の証《あかし》でもあった。ただ長く仕えているからというだけで大軍勢を任せることは、信長に限ってはありえない。それなりの手腕があってこそだ。

「佐久間の軍勢と月輪の一族との間柄はどうだったのだ」

そう訊《たず》ねても若者は悲しげに首を振るばかりだった。

「俺は一族の中でも若輩者だから、上の方で何を話してるかよく知らない」

そもそも月輪は、村が軍勢に襲われるまで、近畿一円の織田軍を率いるのが、明智光秀であることすら知らなかった。

「里のことには興味がないんだ」

月輪は言った。

「山人は山で全てを賄《まかな》うから、里のことを気にする必要がない」

「だが、山で暮らして我らに従う者も多くいた」

信忠が言うと、月輪は首を振った。

「あの人たちの山とぼくたちの山は違うんだ」

「どういう意味だ？」

「勘九郎さまは霧ちゃんと歩いてきただろ？　ああいう道を知ってるかどうかだよ」

信長の配下にも影働きの一軍はいた。甲賀を手中に収め、伊賀一国を攻め滅ぼした後、忍びの集団の中にはそのまま闇に消えるものもいた。だが、伊賀の地を離れず、新たな支配者の為に働くことを誓った者たちもいた。

「ああ、そういう人はぼくたちのことを知っているだろうね。でも、やっぱり普段は付き合いがないんだよ。お互いに避けるようにしてる。これまでずっとそうしてきた」

「その旧習を我らの軍勢が破ったというのか……」

「あえて織田の旗を掲げることで、鞍馬の一族の怒りを買おうとしたのではないですか」

霧はそんなことを言った。

「一理あるが、月輪を一人残してあとを皆殺しにするという理由がわからない。月輪、その軍勢が襲ってきた日はいつだ」

その日付を聞いて信忠は考え込んだ。

本能寺の翌日だと月輪は言う。遠く離れた地の軍勢ならともかく、都すぐ近くの者たちが、主君の死が伝えられた翌日に山人の隠れ里を襲うような理由があるだろうか。

「やはり都に残っていた者か、明智の生き残りを誰か見つけ出してつぶさに訊かねばならない」

「もし仲間を殺した奴らの正体が明らかになったら」

月輪が信忠の前に膝をついた。

「仇はとらせてほしい」

「その思いはもっともなことだ。しかし、月輪よりもさらに腕の立つ、鞍馬の一族をその者たちは皆殺しにしたのだろう？」

早まるな、と信忠は宥《なだ》めた。

「俺は今よりもずっと強くなりたい。一族の誰よりも強くなりたいんだ」

月輪の目は赤くなっていた。

「強ければ死ななくてすむ。強ければ皆を助けられる」

「わかる。わかるとも」

もし二条城にもっと兵がいれば。いや、自分自身に鬼神の力が備わっていれば……。

「勘九郎さまの鬼の力で俺を鍛えてくれ」

信忠はその言葉が気に入った。鬼の力を借りて戦うのではなく、その力で鍛えてくれという。

六

「山人なら当たり前だよ」

自らの欲するものは自ら鍛えて手に入れるのが山の流儀、ということらしい。信忠は、はっと悟るものがあった。

この顔に張り付いている鬼の力。その力を己のものにしようと、借りようとするから、心に揺らぎが出てしまうのだ。自分はあくまで自分でしかない。

「奇妙丸は意外と素直なところがある」

霧が信忠の背中に向かって言う。

今度は三人連れになって再び都への道をたどり始めた。

「奇妙丸、喜び勇んで先頭に立っていますが、この先の道はわかるのですか」

「山の間から琵琶湖《びわこ》が見えた。この道は琵琶湖の北端、余呉《よご》の方から都へ向かっているのだろう」

琵琶湖のほとりは常と変わらず静かだった。

信忠は何度も湖南の地を東西に往復している。浅井《あざい》、朝倉攻めの際には湖東を、延暦寺焼討の際には湖西を奔走した。

「近江坂本が明智の本拠だったな」

湖西の南、延暦寺の麓《ふもと》の要地を光秀は見事な手腕で治めていた。延暦寺の織田家への憎悪は激しかったが、たくみにそれを抑え、士民の心を捉《とら》えていたという。

「街には下りないが様子は見たい」

「戦に参陣することは許さない」

霧は厳しい口調で言った。

「狂人だと思われるだけです」

「だが見届けたい」

さすがに霧もそれは拒まなかった。

天正十年六月十三日。前夜に雨が降ったせいか、地面はしっとりと濡れている。その潤いが夏の夜気に吸い上げられて、濃く漂っていた。

「睨み合っているな」

ほんの半月ほど前まで、父に仕えていた二人の将が対峙《たいじ》しているのが不思議な光景ではあった。鬼面《きめん》となった信忠と霧は、天王山を北に見る男山《おとこやま》の頂《いただき》で、両軍の様子を見ていた。

男山は桂川《かつらがわ》、宇治川《うじがわ》、木津川《きづがわ》が合流して淀川《よどがわ》になる地点の南側にそびえている。その対岸にあるのが天王山である。

「筑前が三七《さんしち》を担《かつ》いだのだな」

秀吉が弟の信孝を戴《いただ》いて主君の弔《とむら》い合戦を仕掛けていることは、信忠を驚かせた。

「中国攻めからこれほど短い日時で戻ってくるとは、光秀の謀叛を前々から知っていたのではないか」

そういう疑念すら抱かせた。だが、

「人であっても尋常ならざる者もいるのです」

という霧の言葉に納得した。

「毛利を抑え、畿内《きない》の諸将の動きを素早く封じ、大義《たいぎ》をいち早く掲《かか》げて逆襲に転じた。戦の仕方としては上々だ」

信忠は秀吉ならやれるだろう、とも思った。柴田や丹羽《にわ》など、優《すぐ》れた将は多いが、秀吉ほど果断《かだん》な男は少ない。もし、対抗できるとしたら光秀だろうと考えていた。

道は人や物だけでなく、消息や噂も往来させる。人に似て人ならぬ者が行き来する山の道で、信忠が誰何《すいか》されることはなかった。むしろ、敬《うやま》われて貢物《みつぎもの》を渡そうとする者すらいた。

「その顔のおかげです」

霧は涼しい顔で言っていた。

「この面は何者なのだ」

「敬意《けいい》を表される顔、でございます」

答えになっていなかったが、それ以上問うても答えは返ってこなかった。

「日向《ひゅうが》は負けるな……」

戦はその半ば以上が、備えの如何《いかん》で決まる。それは将兵の数であるし兵糧《ひょうろう》や武具の量である。

「私は戦がよくわからないのですが」

霧が首を小さく傾《かし》げた。

「人数が少ないと負けるのですか。あなたのお父上は桶狭間《おけはざま》にて、寡兵で大敵を倒したではないですか」

「父上があんな博打《ばくち》のような戦をしたのは、後にも先にもあれだけだ。備えに備えを重ね、存分《ぞんぶん》に蓄《たくわ》えを持って必ず勝つ手立てを考える。それでもやってみなければ勝敗がわからぬのが戦というものだ」

夕刻近くに始まった決戦のせいか、薄暮《はくぼ》の中で兵たちが右往左往しているのが、影絵のように見えた。霧の表情も、夜のものに変わろうとしている。傲慢《ごうまん》で、鬼の殺気《さっき》を帯《お》びた少女へと変貌《へんぼう》していく。

「行くぞ」

「どこへ？」

「人には人の戦場がある。我ら鬼にも、戦うべき場があるのだ」

「翁童《おきなどう》とやらが率《ひき》いる魃鬼がこの辺《あた》りにもいるのか」

「奴らが食らうのは、人の苦しみ。怒、悲、憎、病、傷、飢、渇、……あらゆる苦痛が魑鬼の力となる。それが一気に噴き出すのは、戦場だ」

魑鬼と鬼、人の憎しみと悲しみを巡るもう一つの戦場……。

信忠は、始まろうとしている決戦を見つめていた。

山崎に押し込まれた形で、明智軍は戦端《せんたん》を開かざるを得なかった。秀吉軍はどこかが崩れそうになっても、必ず後詰《ごづめ》がある。先陣を切った高山右近《たかやまうこん》と中川清秀《なかがわきよひで》の両隊が押された時にも、秀吉の旗本衆が押し返した。

その押し引きごとに、おびただしい数の命が散っていく。

（惨《むご》いな……）

信忠はこれまで、将としてしか戦を見たことがなかった。何人《なんびと》が命を落とそうが、勝たねばならない。だが、彼は敗れた。天下の半ばを手中に収めた父を失い、自らも愛する者に拒《こば》まれるほどに変貌した。

だからこそ理解したことがある。

「戦に勝敗があり、人に生死がある。そこを悲しみ、恨むのは理《り》だ。だが、それを食い物にしてよいものではない。人は人として生き、死なねばならない」

「だがそのためには力がいる」

霧の言葉は冷たく、乾いていた。

七

多くの者が街から逃げ出そうと列をなしている。もし光秀が勝っていたなら、こうはなっていないはずだ。羽柴《はしば》秀吉たちが自分たちの無念を晴らしてくれた。だが、釈然としない思いも残っている。

「俺はここにいるのに、決着がついてしまったというのか……」

「時は流れていきます」

霧は静かに言った。

「私たちは時に取り残された者たちです」

「秀吉が功績第一か……」

信忠の脳裏に、あの知恵者が弟たちの命に素直に従うかな、という危惧が浮かんだ。秀吉はあくまでも織田家の家臣に過ぎない。

生き残った信長の息子たちが、その後継者として父の覇道を受け継がなければならない。

それだけでなく、魔王に変化《へんげ》した父の姿を止めねばならない。

「やはり俺が……」

「未練ですねえ」

霧が気の毒そうに言った。

「生真面目《きまじめ》でしつこいのは女性に好まれませんよ」

「持って生まれた性分だ」

「その性分のおかげでつつがなく織田家の跡継ぎを務められたのでしょうけれど」

と辛らつである。

「その鬼面で自分は三位中将信忠だと皆の前で名乗るつもりですか。表の世のことは表の者たちに任せておけばよいのです」

確かに織田家には男子が残っている。一国を任せられるほど重用されているのは二人の弟だ。一人は伊勢、もう一人は伊賀を任されている。

二人の兄弟仲は表面上悪くない。だが、実際は母の出自や生まれた順序で軋轢《あつれき》があることを信忠は知っていた。それでも、信長が健在で嫡子の自分も家督を譲られているのであれば、その争いが大きくなることはない。

弟たちも己を煌《きら》びやかに見せる必要はない。過不足なく働きを見せればいい。その

はずであったが、伊賀攻めの際に信雄《のぶかつ》はかなり無理をした。いらぬ殺生もしたと聞いている

「鞍馬にいるような一族は、伊賀や甲賀にもいたのか」

信忠が訊ねると月輪はこくりと頷いた。

「もう数えるほどって聞いたことあるけど、まだいたはずだよ。忍びや影働きの者たちは、ぼくたちのような山人に近い場所にいる。伊賀や甲賀の忍びたちがぼくたちの仲間に力を借りることもあったと思う」

だが、忍びの里は織田家の軍門に降った。

「伊賀などにいる鬼の一族が、月輪の家族を手にかけたというおそれは？」

月輪は辛そうな表情になった。

「互いに付き合いがなくなっても、あからさまな争いがない限りは仲間内で殺し合うようなことはしないし、談合で何とかするよ。そもそも争いが起きるほどに近くにいないのが山人なんだ」

「談合して争いを避けるのは、我ら里の民でも常のことだ。だが、お前たち鬼や天狗と呼ばれる者たちも群がり集まって住んでいれば、時に諍《いさか》いになるだろう」

「もちろんさ」

「談合がまとまらない時は戦になるのだろう？」

「相撲」

「相撲？」

「神仏の前で相撲をとればどちらに理があるかわかるじゃないか」

信長も相撲を偏愛していた。暇があれば御前で相撲をとらせ、新たに版図を得ればそこの力自慢を呼びだし、圧倒的な強さを見せた者には褒美を取らせたり召し抱えたりもした。

「神事には間違いないが」

「だって、殺し合いになれば大変なことになるのがわかっているもの」

「しかし、それでは納得しない者もいただろう」

「諍いを皆が納得するように収められることの方が難しいでしょ」

月輪に言われて信忠は頷くほかなかった。

「それに、ぼくたちは滅びつつあるから殺し合いをしている場合じゃない」

本気で争うと互いを滅ぼしかねない、と月輪は言う。

「幼いぼくですらこれほどの力がある」

「待て、お前はまだ幼いのか」

「うん。ぼくたちの一族は百年かけて大人になるから」

確かに顔つきはあどけないが、首から下は仁王像のように魁偉《かいい》だ。

「それにぼくたちは里の民のように簡単に殖《ふ》えないんだ」

「我らとて簡単に殖えるわけではない」

「お産が大変なのは知ってるけど、山の民はうまく生まれないことが多いし、そもそも母の体に子種を授かることが難しいんだよ」

鬼の一族は子を生《な》す際に母か子のどちらかが必ずといってよいほど命を落とす、という。

「そうなのか?」

霧の方を見ると、そうだと頷く。

人であっても出産は大きな危険を伴う。多くの母子が命を落としているのを信忠は知っている。それでも、人全てで見れば数が殖えないわけではない。ともかく、だからこそ鬼は争いを避けるという。

「戦がどこで終わったか訊いてきます」

霧が坂本の町へ向かって山を下りていこうとした。

「一人だと危ない」

「二人を連れていくと面倒が起こりそうです。心配はいりませんから」

やがて戻ってきた霧は、信長を討って天下人を目指した明智の軍勢が数日ともたず雪のように溶け果てた場所を突き止めてきた。

第四章　初演

一

都の周囲には、奇妙な気配を帯びた地が何カ所かある。月輪《げつりん》の故地である鞍馬《くらま》もそうだし、同じく都の鬼門を守っているという貴船《きぶね》も初めて参詣《さんけい》した時には背筋がぞくりとするほどの神気に満ちていた。

都の南側にも同じくそのような場所がある。山科《やましな》の南から伏見《ふしみ》、醍醐《だいご》にかけての一帯だった。都に近いのに茂みが鬱蒼《うっそう》と深く、山が険しいわけでもないのに人が分け入るのを拒んでいる。

そのような地の近くに小栗栖《おぐるす》という小さな村がある。信忠《のぶただ》たちはその村が望める坂の上に立っていた。

「坂本《さかもと》に戻ろうとしてできなかったのだな……」

醍醐から北の山科に上れば近江《おうみ》街道へと出て、そこから坂本まではすぐだ。だが、勝利を得た抜かりのない秀吉《ひでよし》がそこを封じないわけはなかった。

途中から道を外れ、具足や矢じりの破片などを丹念に追っていく。

「ここからすぐ先に」

霧《きり》は一度足を止めた。

「山の道がある」

「光秀《みつひで》は知っていたのかな」

「……それはわからない」

霧は枯れ枝の間に落ちている折れた刃を拾い上げた。

「もしこの足取りが偶然でないとしたら、明智《あけち》の軍勢の中には山の一族がいたと考えてもおかしくないだろうな」

信忠は光秀の首を取った、この辺りの土豪から話を聞きたいと考えた。だが鬼の面の自分と、熊のような肉体に少年の顔がのっている月輪。そして、白磁のように美しい肌をした少女である霧の組み合わせは、山里の中では明らかに異様だった。

「旅芸人ということにしましょう」

霧はさらりと言った。

「私たちが里に出る際、里の民の枠の外から来た者であると思わせれば、異様な容貌であったとしても疎《うと》まれることはあっても咎《とが》め立てされることはありません」

しかし、信忠は袖《そで》の辺りを摘《つま》み上げた。

「旅芸人にしたらいかにも地味ではないか」

美しい顔立ちの霧にしても、身につけている小袖は柿渋色のごく粗末なものだ。二人の遣《や》り取りを黙って聞いていた月輪は、何か思いついたように手を打った。

「そういう事なら任せてくれ」

月輪が担いできた大きなつづらを開けると、そこには色とりどりの錦が入っていた。

「美しい織物を里の人々に売ることもあったんだよ。里の人たちはこういうの好きだし、彼らしか持っていない道具や物もあったからね」

横顔がふと悲しげなものになったが、その中から一枚を丁寧な手つきで取り出すと霧の身幅に合わせてみせた。

「ちょうどいい。霧さまはこれを着ればいいよ」

霧はすいと木陰に隠れてあっという間に衣を替えてきた。

「見事な早業だな」

信忠が褒めると、これもたしなみの一つでございます、と笑った。

月輪はその魁偉《かいい》な肉体にもかかわらず手先は器用なようで、少し長めだった霧の小袖の裾《すそ》をすばやく整えた。

そして信忠にも、紫の生地に金の糸で鴛鴦《おしどり》の彩りを作った肩衣《かたぎぬ》を取り出して見せた。信忠も派手な拵《こしら》えが嫌いではなかったが、あまりにギラギラとして、身に着けるのをためらうほどだった。

「鬼の面からすれば、それぐらい衣が派手な方が合っています」

霧の一言で信忠のためらいも消えた。

「しかしどんな芸をすればいいのだ」

信忠は風流人でもあった。能狂言は一通り舞えるし、鼓《つづみ》や笛もできる。

「どのみち里の者からすれば恐ろしい顔をしているのですから思いっきり剽《ひょう》げてみてはいかがですか」

「剽げ舞か……」

傾《かぶ》いた格好や行いも嫌いではなかったが、やはり織田《おだ》家の家督を継ぐ身として、覇王信長の子としてどこか自分を制しているところがあった。

「おかしな舞の一つや二つ、心得ておられるのでしょう」

「それぐらいは……」

「渾身《こんしん》の力をふるって笑わせるのです」

信忠はこれまで、笑わせようと思って人を笑わせたことがない。日々を生きる上で誰かを笑わせるなど、必要のないことだった。

「本当ですか」

霧が首を傾《かし》げた。

「遠い国より輿入《こしい》れしてきた妻の笑顔のために何か努めた」

あまりにも短い妻との日々だった。家と家との約束ながら、信忠は妻の気品や美しさを愛していた。妻の心の内はどうであったか量《はか》るべくもないが、少なくとも嫌悪を表に出すことなく、日々接してくれていた。織田家での暮らしが心楽しい日々であればいいとごく自然には思っていたが、殊更《ことさら》笑顔にさせようと思ったことはなかった。

「足らぬ殿御《とのご》ですね」

霧はため息をついた。

「かつて唐土《もろこし》の皇帝は愛する人を笑わせるために国を傾けたというではありませんか」

「愛する人を笑わせても国が傾いては何にもならないではないか」

信忠が言い返すと、

「奇妙丸《きみょうまる》はくそまじめだ」

と罵《ののし》った。

「私は国が傾いても笑顔にしてくれる人が好もしゅうございます」

「それは政《まつりごと》を知らないものの言葉だぞ」

二人の言い合いを月輪は困ったような顔で見ていた。

「仲がいいんだね」

「良くない。奇妙丸は仇だ」

霧はそっぽを向いた。

「お二人は心が通じているのか通じていないのかよくわからないや」

「まだ知り合って間もないのだから、心が通じ合うはずもない」

信忠は言うと、

「勘九郎さまはほんとまじめだ」

と感心ともばかにしているともつかぬ表情で月輪は言った。

二

小栗栖の村に近づくと人の往来が増えてきた。

「思った以上に賑わった村だな」

「羽振りがいいのを皆知っていますからね」

「羽振り？」

「天下の謀叛《むほん》人を討ち果たして、山ほど褒美をもらったはずですから」

それに、と霧は続ける。

「明智光秀が敗軍の中でも手放さなかった宝があるかもしれません。そう思って群がる商人たちもいるでしょう」

村の入口に一行が立つと、その辺りにいた村人や旅人たちは信忠の華やかな装いと鬼面を見てみなはっと息を呑んだように立ちつくした。

その鬼の面を見上げて青ざめた者たちも、月輪が叩く鼓の音で旅芸人だと納得したのか、むしろ笑顔になって後をついてくる者も現れるようになった。

そして村の中央にある広場に出た頃には、十数人が月輪の鼓と霧の横笛に合わせて踊り回るという事態になった。

「大丈夫なのか」

信忠が不安そうに霧に訊《たず》ねると、霧が答える前に、行列を作っていた子供の一人がキャッキャと楽しげに笑った。

「何がおかしいのか」

と戸惑っていると、さらにもう一人の子供も信忠を見て楽しげに笑った。

「誰かに笑ってもらうって、そういうことではないですか」

霧が笑わずに言った。

光秀を討ち果たした者たちが住む小栗栖の集落は、都の東から南に延びる大和《やまと》街道からやや東の、山科川に近い丘陵に広がっている。

本百姓らしい大きな屋敷を中心に、水呑《みずのみ》百姓の粗末な小屋が流れに至るまで点在していた。粗放ながら、村全体を浅い堀が囲んで、戦乱に対する備えも一応ある。

日暮れ前に村に繰りこんできた者たちを見て、村人たちは一様に目を驚かせていた。だが、名主の屋敷から侍装束の初老の男が出てきて、何者かと鋭く問うた。すると霧は、たくみに節をつけて、

「諏訪《すわ》より参りし芸能のもの」

と答えた。

「祭りの時期でもないのに、このように賑々《にぎにぎ》しく推参してくるとは不埒《ふらち》である」

日が暮れて朝霧が夜霧へと変わろうとしている。日暮れの瞬間を捉《とら》えなければどちらの霧なのかを見失ってしまう。表情が柔和なそれから、鋭さを伴った美しさへと変わりつつあった。

「旅芸人に身をやつすなんて、朝霧のやつもうまいこと考えたね」

夜霧も呼びやすいのか、昼間の自分のことを朝霧と呼ぶようになっていた。

「しかし趣味が悪いというか、鬼の連中というのは派手なのが好きよね。もちろん気に入ってはいるけど」

「これは祭りの時の衣装だよ」

月輪が言い返した。

昼の霧はやさしき姉のようなのに、夜の霧はいたずらな妹のように月輪に接する。だが月輪も、それぞれの霧に対して特に戸惑うようなところは見せず、それぞれに接しているのが面白かった。

村の門番らしき侍装束の男は、村の全てが己のものであるかのように、居丈高な口調と身振りで信忠たちに出て行くように命じた。

だがその時、それまでいたずらな笑みを口元に浮かべていた霧がふと表情を改めた。そして月輪に何か囁《ささや》くと、その鼓を合図にしてしずしずと舞い始めたのである。

信忠も能楽は何度も見たことがあるが、そのどれとも違う演目と舞方であった。能に比べると幽玄玄妙の深みはないが、かえって心にそのまま訴えかけてくる直截《ちょくせつ》さがある。

謡《うたい》と舞は恋する人を戦《いくさ》に送りだした少女の悲しさを表していた。

一人残された少女の悲しみは、やがて様相を変え始める。人を思う心の嘆きは体のうずきへと変わっていき、そこにいぬはずの思い人と秘《ひそ》かに交わっていく……。

悲しく、妖艶な舞に人々は魅入られていた。

「さ、さっさとこやつらを追い払え」

という男の命令にもはや従う者はいなかった。

皆顔を見合わせうつむいたり空を見上げたり、聞こえているのに、信忠たちに出て行けと罵《ののし》る者は出てこない。

「誑《たぶら》かされおって」

毒づいた侍が槍の鞘を払おうとした時、奥から止《や》めよと野太い声が聞こえた。他の侍たちよりもさらに華やかな装束に身を包んだ、大柄な中年男である。

その左右には若く体格のいい男が二人帯刀して付き従っている。信忠は、どうやらこの男が村を取り仕切っている土豪の主なのだろう、と目星をつけた。どう話を持ちかけようか、信長が思案を巡らせていると、夜霧がつとその前に進み出た。

「お屋形さまのためにもう一舞いしとうございます」

と、しなをつくりながら願い出た。

土豪は厳《いかめ》しい顔つきを保つのがもはや難しくなったとみえ、目尻をぐにゃりと下げて好色そうな笑みを浮かべた。

「やい甚平、そう堅いことを申すな」

土豪は門番の男を下がらせた。

「村を巡る芸能の者たちは厄介でもあるが、村に福を運んでくれる神仏の使いでもある。日が暮れて村から放り出したとして、野盗の手に掛かるだけだ」

土豪は霧の顔から体を遠慮することなく眺め回した。

「それでは我らがこれまで得た福が落ちるというものだ。せっかく大きな手柄を立て、殿さまのお褒めに与《あずか》ったというのに、そういう時こそ神仏を恐れ、徳を積むことを忘れてはならん」

そう言いながらも土豪の視線は霧にくぎ付けであった。

「お屋形さまのお手柄のお話、この霧も聞きとうございます」

まだ幼い少女だというのに、ぞくりとするほどの媚態《びたい》を見せる。信忠は見ていて気持ちの良いものではなかったが、村の男たちは霧から目を離せないでいる。

「よしよし、手柄の話もしてやろう。お前たちもそれに花を添えてくれるか」

「心を籠めて務めさせていただきます」

霧が上目遣いに言うと、

「盛大に火を焚け、宴《うたげ》だ！」

土豪は大声で周囲に命じた。

「お殿さまから頂いた酒がまだ残っているだろう。この者たちの技はわしらを楽しませてくれそうだ」

その言葉に、村の者たちは歓声を上げた。小栗栖はそこまで豊かではない村のはずだ。女や村人たちが身に着けている小袖はどれも上質の、信忠が装っている祭り用の小袖に引けを取らないほどに華やかなものだ。

「お屋形さま、殿というのは……」

「言うまでもない。羽柴筑前《はしばちくぜん》さまよ」

土豪は霧を侍《はべ》らせて上機嫌だ。霧は鬚《ひげ》に覆われた顎先をひと撫でするると、芸事の打ち合わせをしてまいります、と信忠たちのもとに戻ってきた。

「演目と順を決めましょう」

霧は村人の様子を一瞥《いちべつ》し、信忠と月輪に囁いた。

「月輪の曲芸が一番、奇妙丸の剽げ舞が二番、そして私の舞が最後。舞が終わったら私があの土豪と閨《ねや》を共にするから、その時に光秀が討たれた時の様子を詳細に聞こうと思う」

その言葉に月輪は目を剝いた。

「閨を共にするってどういうこと」

「そのままの意味よ」

「だ、だめだよ。あんな奴と。自分を粗末にしちゃいけない」

「私が自分を粗末にするわけないでしょう」

霧は月輪の丸い鼻を指で弾《はじ》き、信忠を見てにっと笑った。信忠は黙ってはいたが、胸の中に沸き立つ不快な思いを持てあましていた。

三

篝火《かがりび》が爆《は》ぜる音を圧するように、男たちの笑いと叫びが交錯している。寒村に似つかわしくない美酒の香りが酔いを運んでいる。だが、鼓が鳴ると騒いでいた者たちも瞳を輝かせて広場に目を向けた。

月輪はどこでそんな修業を積んだのかと思うほどに、見事な軽業《かるわざ》を披露した。一見鈍重そうな太い四肢とあどけなくかわいらしい顔が、逆立ちをして片腕のみで跳んで回って見せたり、そのまま宙返りを繰り返す。

見る者はみな目を驚かせ、そして叱られても眠らない子供たちは喝采を送った。信忠もこれほどの体術の持ち主を見たことがない。

鬼の力抜きで戦えば勝てるかどうか、自信がなかった。その体術の裏に、恐ろしい強さが秘められているか、誰も気づいている者はいないようだ。

そして次に、信忠が前に出るように促された。

月輪の軽業見たさに村中の者が集まってきたとみえて、数百人の顔が篝火に照らされ、期待に満ちた目でこちらを見ている。

だがそこで、信忠自身に驚くようなことが起きた。

初陣の時から恐れを感じたことはない彼が、笑顔と期待に満ちた人々の顔を見ているうちに、足が竦《すく》んでしまったのだ。

この者たちを楽しませるというのか……。

戦のやり方は知っている。政も知っている。舞や謡も心得ている。では、鬼面を被《かぶ》って人を笑わせるのはどうすればいいのだ。

楽しげな鼓の調べを月輪が打っている。

霧が信忠の背中を一つ叩いて押し出した。篝火の前でぼんやりと立つ。足が竦んで動けない。

鬼の面をつけた自分を、人々が見つめている。だがやがていぶかしそうに顔を見合わせ始めた。それも当然のことだ。芸をするはずの面をつけた男が、何もできないで立っている。

子供たちはつまらなそうにあくびを始め、大人の中には罵声《ばせい》を浴びせてくる者もいる。

うつむく信忠に笑い声が聞こえてくるが、これは楽しくて笑っているのではない。嘲笑《あざわら》っているのだ。

「おいおいどうした。その恐ろしげな鬼の面はただの飾りか」

信忠はゆっくり顔を上げ、野次を飛ばしてきた若者を見た。若者はひいっ、と声を上げて尻餅をついた。それを見て二人の童《わらべ》が泣き出してしまった。

いよいよ困った。何か剽げたことをすればいいことはわかっているのに、頭が真っ白になって動かない。戦場で、負け戦の中ですらこんな無様なことはなかった。

月輪の鼓が止まり、子供の泣き声すらやんで、ただ静寂が訪れた。逃げ出すことすらできない信忠の後ろから、袖を引っ張られた。

「役に立たないですね。後は私に任せてください」

霧はそう言うと、月輪の鼓に合わせてゆったりと舞い始めた。今度は白拍子の今様ではなく、信忠も聞いたことある能楽の一曲である。

愛する人を失い、闇の世界に会いに行った若者が、生と死の世界の境目の恐ろしさを目の当たりにしながら、その願いを果たす。しかし己の心の揺れを抑えきることができずに、結局は繋《つな》いだ手を離してしまうという悲しい物語だ。

信忠の失敗に白けていた人々の心は、霧の舞に再び釘付けになろうとしていた。何事も芸の達人は、極めると一流の武人のような研《と》ぎ澄まされた気配を帯びる。霧の舞にはその風格があった。

聞こえてくるのは鼓の音。時に山を吹き抜けていく夏風は夜気をはらんでその響きに彩りを添える。少女は白木の扇子を一本右手に持ち、彼岸《ひがん》と此岸《しがん》を指している。

「すごいな……」

月輪が鼓を叩きながらため息をつくのが聞こえた。確かに見たことのある演目なのに、初めて目にするような新鮮な驚きがある。

戦国の世に生きている者は、親しい者との突然の別れと無縁ではいられない。泰平の世であっても人は死ぬが、戦乱の中ではなおさらだ。遠く離れたあの人とひと目会うためにあらゆる試練を耐え忍ぶ。

目頭を押さえている者が何人もいる。

信忠は妻のことを思い出していた。信濃の地で拒まれたあの姿は幻だったが、もし今彼女に再会しても同じように拒まれるのではないか。やはり元の姿を取り戻したい。鬼の力などどうでもよい……。

急にその舞が変わった。物語は彼岸に入り、鬼や化生《けしょう》が群がり出《い》でる。篝火の一つが大きく揺れ、誰かが悲鳴を上げた。村人にとってはなじみのはずの深い森に、妖《あやかし》の気配が満ち始めている。思わず腰の脇差に手を伸ばすほどの濃密な妖気の中、童が一人、地面を見つめていた。

四

霧の舞が怖いのか、と思っているとその子はかがんで地面に手をついた。何かを捕まえようとしているらしい。

「蛙だ……」

小さな谷蟆《ひきがえる》が足下にいるらしい。動きが速いわけではないが、巧みに童の指の間を縫って逃げ回っている。谷蟆の皮には毒があって、童が触れては障《さわ》りがある。そっと近づいて蛙を遠くにやろうと近付いた。

だが、信忠が捕まえようとすると、谷蟆はぴょんと大きく跳ねて逃げていく。舞の邪魔をせぬようにあまり大きく動けず、遠慮しながら蛙を追いかけているうちに、笑い声が耳に入った。

数人の童が腰をかがめて谷蟆を追う信忠を見て口を押さえているのである。信忠はそのまま、蛙を追い続けた。蛙が這《は》えば自らも這い、跳べばそれを真似て跳んだ。

童たちは蛙を真似る信忠を真似、大人たちはそれを見て腹を抱えて笑っている。霧の舞はいつしか終わり、皆の目が信忠に注がれていた。

あまりに幽玄で重厚な霧の舞から解き放たれ、安堵《あんど》の中で笑い転げている。信忠の鬼の面が小さな谷蟆に翻弄されるさまをことさら大きく、滑稽に「演じて」見せた。人が求める方向に、しかし人が驚くしぐさの中で、やがて蛙は森の中へと逃げていった。

土豪は手を叩き、

「芸かどうかは定かではないが、愉快愉快」

そう褒めると三人の前に小粒の銀を投げてよこした。

「あらお殿さま」

霧が典雅な手つきで銀を一粒つまみ上げ、

「旅芸人への心づけにしても、あれだけ泣き笑いしたにしては、いささか……」

土豪は一瞬不愉快そうな表情を浮かべたが、周りの者たちの視線を受けて一つ咳《せき》ばらいをした。

「天晴《あっぱれ》な芸を目の当たりにして心づけを惜しむ者ではないぞ」

「それでこそ、逆臣明智光秀を討ち果たした名将にございます。ぜひその際のお話をうかがいとうございますな」

霧が節をつけて言うと、村人たちはこぞってはやし立てた。

篝火がさらに焚かれ、酒樽が運ばれてくる。祭りの日でもないだろうに、村全てが祝祭の賑わいに覆われているのが奇妙だった。気付くと霧が土豪の傍《そば》に腰をかがめ、耳元で何か囁いている。

やがて宴が始まり、酒が回る。

「伏見の酒だ。飲め」

土豪が目を細め、自ら飲み干した杯を霧に渡した。形の良い朱のくちびるが杯につくのを涎《よだれ》を口の端に溜めながら眺めている。

「今宵《こよい》はわしの閨に来い」

「さあ、いかがいたしましょう」

いかがわしいやり取りだ、と信忠は眉をしかめた。面の下でどのような表情を浮かべても外の人間にはわからない。

「鬼の面に甘えることのなきよう」

霧がつと立って信忠の隣に座り、たしなめるように言った。

「恐ろし気な鬼の面に隠されていても、その心にあるものは人に伝わる。あなたの剽げ舞は村人に届きました。もちろん、邪《よこしま》な意図を抱いてもそれは伝わっていく」

それだけ言うとまた土豪の隣へと腰を下ろした。

山里ではあるが都への街道が近いこともあって、小栗栖の住人の中には小唄や舞をたしなんでいる者もいた。霧の舞とは比べるべくもないが、それでも酔いと眠気に押しつぶされるまで人々は騒ぎ楽しんでいた。

五

盛んだった篝火が消え果てたのは深更子《ね》の刻《こく》を過ぎていた。

「本当に闇を共にしているのかな……」

月輪は寺の納屋の戸口から月を見上げながら呟《つぶや》いた。

「夜の霧は怖いよ」

「あの舞は確かに凄みがあったな」

「そうじゃなくて」

月輪は分厚い肩を震わせた。

「欲しいものがあったら何でもしそうで。自分の体も粗末に使いそうだ」

「そうは思えないな」

己の身を粗末にするような愚かな娘ではない。もっと聡明で狡猾《こうかつ》で、したたかだ。血族の仇である織田家の後嗣《こうし》を助け、その力を使おうとしているのだ。

「勘九郎さまはどうなんです」

月輪は探るような目つきで言った。

「今の俺には禁じられたこともためらうこともない」

「そうは見えません。村人の前に立って竦んでいたではないですか」

「あれは……」

村人から光秀死去の際の話を聞こうとして、心をときほぐすために笑わせよと霧は言った。だが、はじめは何もできなかった。童たちの前に谷蟆が出て来なければ、ただ黙って霧の舞を見ているだけだった。

「殿上人《てんじょうびと》も大変なのだなと思ってみてたよ」

信忠はふと胸騒ぎを覚えて庭を見た。彼らにあてがわれたのは厩《うまや》の横にある納屋である。馬の小便がかかったような藁《わら》を寝床に与えられ、霧は一人土豪の部屋へと向かった。

「静かすぎる」

皆酔い潰れているのはわかるが、色欲を五体に漲《みなぎ》らせた土豪の部屋からは物音一つ聞こえてこない。

耳を母屋の方に向けている。手入れの粗い庭の茂みの中からは虫の鳴き声がする。がちゃがちゃと趣があるとは言い難い鳴き声だが、その向こうから交わされている睦《むつ》言《ごと》を捉えることができない。

わずかに開いた戸の隙間から庭の様子を探ってみると、寝ずの番をしている忍びの気配もない。もしそのような者がいるなら、変事が起こった際に始末をしなければならない。信忠は少し安心し、足音を忍ばせて庭石の上に立った。

あえて月光の下に姿を晒してみるが、やはり何者の気配も感じない。艶《なまめ》かしい音や声も、ただの話し声すら聞こえない。

「やはりおかしい」

月輪は庭石の陰にそっと隠れている。

「母屋を見てくる。庭で何かあったら頼むぞ」

土豪の寝室の前まで足音消して近づいていく。村全体が緩んでいるのか、館《やかた》の周囲にすら警固の兵の気配はない。

この村の者が明智光秀の首を取ったのは間違いないが、その敵を討たれる恐れはもう全くない、と考えているのだろう。

部屋の前まで来た時、呻《うめ》き声が一つ聞こえた。

男が果てる寸前に放つ、快楽と苦痛の入り混じった声に似ている。霧の細く白い体が、男の脂ぎった肉体に蹂躙《じゅうりん》されていることがふと頭に浮かんだ。異様な怒りがこみ上げて来て面が熱を持つ。慌てて打ち消し、戸をわずかに開ける。

男の心を蕩《とろ》かせ、その知るところを全て白状してもらうには、苦痛も快楽も、どちらも有効な手段だ。

部屋の中から霧の声がした。

「奇妙丸、中へ入れ」

気配を悟られたのは武人として情けないことだが、それよりも情事の後の部屋に入るのは気が引けた。

「意外と初心《うぶ》なところもあるのだな」

信忠は答えず、静かに大きく戸を開ける。男の汗と脂の臭いがまず鼻をついた。続いて全身を覆ったのは、少女の若く甘い香りだった。土豪の男は法悦の表情を浮かべ、全裸で柱にもたれかかるように座り、霧は帯一つ乱れぬ端正な姿でその正面に座っている。

「蔵を見にいこう」

体を小刻みに震わせている男を一瞥し、霧は立ち上がった。

「蔵の鍵を開けさせたのか？」

「開けさせたのではなく、話させた。互いに心を通わせているうちに」

霧の口元に冷ややかな笑みが浮かんだ。

「この大功を立てる際に、何か心に隠し事があるかどうか教えてもらった」

「そんな術も使えるのか」

「人は人同士心が通じるという」

「そうは言うが、隠し事を吐かせるのは簡単ではないぞ」

心の強い間者《かんじゃ》の口を割らせるのは、性根《しょうね》の据わった酷吏《こくり》であっても難しい。意図して隠していることを白状させるには、それなりの手練手管《てれんてくだ》が必要だ。

「その通りだ。人がそうであるように、鬼なら鬼同士、言葉を使わずとも通じる場合がある。それがこれだ」

霧は立ち上がると法悦の表情で天井を見上げている土豪の口に無雑作に腕を突っ込んだ。何をするのかと見ていると、肘《ひじ》まで入れた腕をゆっくりと引き抜いた。そこには大きな蚯蚓《みみず》に手足が生《は》えたような奇妙な生き物が摑まれていた。

六

「なんだこれは……」

信忠が思わず後ずさりするほどの不気味さだ。

「これは鬼成《きな》りの蟲《むし》」

「鬼に成る蟲……？」

「この虫を体内に入れた者は、上手くいけば鬼に成る。鬼の力は人に比べてあまりにも強い。心身が耐えられず、早晩滅びてしまう。この男はたとえ短い間でも鬼となる資格があったようだ」

霧の手の中で蟲がもがいている。

「お前たちの一族が得意とする術なのか」

「私にはできないし、やりたくもない」

その声には激しい嫌悪があった。

「しかし、どのような術かは知っている。命を落とした鬼の肉体を使い、何らかの術を施してこの蟲を生む。そして人の体内に埋め込む。そのような邪な術を、少なくとも私の一族が行ったわけではない」

「俺の一族でも聞いたことがないよ」

振り向くと月輪が悲しげな顔をして立っていた。

「噂では聞いたことがある。鬼の系譜を継ぐ者は、長命とはいえ殖えづらい。皆それを受け入れてきたんだけど、山奥や里から遠く離れた地に隠れすむことを良しとしない者がいるんだ」

信忠はその蟲に顔を近付けてよく見ようとしたが、霧に頬を張られた。

「迂闊《うかつ》なことをするな。手間が増える」

山崎での明智と羽柴の戦いにおいて、勝者はどちらになるか定かではない。だが、もし明智が破れて敗走する道筋は限られてくる。

その辺りを統治する者を鬼にしてしまえば、明智の残党に何者がいようと、戦に疲れた彼らの首を取ることは難しくない。

「しかし、誰がそんなことを」

「それは光秀を憎んでも憎み足りない者だろう」

霧は信忠の問いを一蹴《いっしゅう》した。それは父信長にほかならなかった。

「では、これは父上が行った術だというのか」

「少なくとも私たちではない」

信長は操っているにしろ操られているにしろ、その配下にある術士たちが行っているのだろう。鬼成蟲と呼ばれた蟲は、信忠に向かって激しく甲高《かんだか》い鳴き声をあげた。

それと同時に、激しい痛みを顔に感じて思わず膝をつく。

「奇妙丸がつけている面、何か知っているのか」

霧に問われたが、痛みでそれどころではない。

「……鬼のことには詳しくない」

信忠が痛みをやり過ごし蟲を睨《にら》むと、今度は悲鳴を上げてぐったりした。

「その面は我ら全ての祖だ」

「鬼の祖王ということか」

「全ての鬼はその王から生まれ、分かれた」

「それがどうして今頃?」

信忠は脇差を抜くと、蟲の頭の辺りに突き立てる。誇り高き鬼の一族が、何者かの術の手先となって人に取り付く悲しみと怒りを、刃の先に流し込んでいく。蟲は白い炎をあげて燃え落ちた。

「鬼を作るのも鬼。鬼を払えるのも鬼というわけか」

「人と同じだ。より手間がかかるだけで」

霧は蟲の燃えがらを、庭の隅に咲く夜光草の根本に埋めてやった。

「あの土豪は鬼成蟲を受け入れ、しばらく生きることができた。でもそうはならず身を滅ぼしたものが多くいるはずだ。私は人の世に生きて、鬼と人は近く、そして遠いことを知っている。どちらかがどちらかになることなど決してできないのだ。鬼が人になろうとしてもそこには無理が生じ、人を鬼にしようとしても滅ぼしてしまうだけ」

霧の声には怒りが満ちていた。

七

「その境目を作ろうというのが霧の望みか」

「境目などどうでもいい」

霧は長く話したことが照れ臭いのか、不貞腐れた表情になっていた。

「鬼がどうなろうと人がどうなろうと、私にとってはどうでもいい。互いにどうでもいいと思える相手を、無理やり結びつけることはない。それは悪縁と言うべきものだ」

夜霧がここまではっきりした怒りを織田家以外にあらわにするのは初めてだった。

「無理やり結ぶべきでないものが結ばれたせいで、その二本の糸は絡まり、乱れを生んでしまう」

「霧、信濃でもこのようなことは多くあったのか」

「力を求める者が多くいたからな。私の父も」

武田勝頼もあの力に頼ろうとしたのか、と信忠は愕然《がくぜん》とした。

「この戦乱の世はいかにして成り立つべきものか、人によって国によって故はあろう。しかし、鬼と人の境目がその故となっているのであれば、私は諏訪の鬼姫として、それを止めねばならない」

霧は立ち上がって蔵の前に立つ。土豪の屋敷は浅いながらも堀が巡《めぐ》らされ、一応砦《とりで》の体裁を整えている。籠って戦うこともあるから、蔵の中には武具や兵糧《ひょうろう》が蓄えられている。

武具は買い求めたとおぼしきものもあるが、落ち武者を襲って手に入れた物も多いようだ。いくつかの種類の違う甲冑が撚《よ》り合わされて一つになっているものもある。

その中で、信忠は見慣れた具足を見つけた。明智光秀の具足は戦場でも何度か見たことがある。

武将の甲冑は、その立場が変わるにつれて、兜の前立《まえだて》も変わっていく。だが、明智光秀の甲冑はここ数年同じはずで、それは信忠も何度も目にしたことがあった。

「これだ……」

傷だらけになっているが、光秀の具足は一揃い丁寧に飾られている。兜首は落として秀吉のもとにもたらされたはずだ。

揃いの具足の横に、小さな床几《しょうぎ》があり、その上に右の籠手《こて》が置かれている。

「待て」

具足は全て揃っていたはずだ。ではこの籠手は誰のものだ。

「同じものだ……」

総大将と全く同じ具足をつけ、主君の身に危険が及べばその身代わりになる影武者がいることは信忠も知っていた。

武田信玄には逍遥軒信廉《しょうようけんのぶかど》を始め数人の影武者がいたとされるし、信長も表には出ていないながら影武者がいたことを信忠は聞いたことがある。聞いたことがある、というのは息子にすらその存在を信長自身が告げることはなかったからである。

光秀は佐久間信盛の後を受け、近畿の軍勢をまとめ上げる役割を任されていた。

しかも、四国や中国地方の大名、国衆たちの取次を務める大任を拝している。影武者を置くのは当然の用心といえた。

京都では既に光秀の首が晒されているということだ。

影武者と総大将では首の値打ちが大いに違うから、真にその武将の首かどうかを検証する。これが首実検である。当然ながらその判断は慎重に行われる。秀吉にとっては決して取り違えてはならない首だ。

都に晒せば光秀の生前の顔を知っている者が多くいる。その真偽を判じることができる者も当然多い。もし影武者の首となれば秀吉は大恥をかく。

「この村の土豪はかつて光秀に従って坂本に参陣したことがあるそうだ」

「その顔をもともと知っていたということだな」

近畿の軍勢を任されていた光秀の命で、坂本から近い伏見の土豪たちへ陣触れが回されたことも一度や二度ではなかろう。

「彼の心の奥にあるわだかまりをなかなか取り去ることはできなかった」

霧は言う。

「土豪の魂に鬼成蟲がついていると気づいたから、なんとか話が通じた。その話が通じた後で彼が語ったことはな……」

霧の言葉を聞いて信忠は思わず呻いた。

「光秀はまだ生きているかもしれないということか」

首実検は慎重に慎重を重ねただろう。よく似ている影武者を探すことも武将の器量の一つではある。

「しかし、どうして土豪は自分たちの挙げた首が影武者であるとわかったのだ」

「光秀は比叡山攻略のため坂本の街を占拠した際に、比叡山が派した刺客によって、命を狙われたことがあるそうだ。その際に、右脇腹から腰にかけて刀傷を受けた。たまたま夜警に入っていたのがこの村の土豪だ」

混乱の中で光秀を介抱したが、かたく口止めされたという。その時に見た傷が、山崎の合戦から逃れてきて討ち取った首の胴体にはなかった。

「討たれたのが影武者の方だったとして」

本物の光秀はどこにいるのだ。

「それはわかりません」

霧は首を振った。

「首を討たれたのが本物で、生き延びたのが影武者ということもあり得ます」

だが信忠はそうは思わなかった。影武者を命じられるということは、常に主君の盾になる覚悟がなければ務まらない。ただ似ているだけでは影武者とはならない。影武者は主君なしには存在し得ないのだ。

「それが影武者の首であったと、秀吉が言えなかったのには何か故があるのか」

信忠にはその故がわからない。

「それは羽柴筑前に訊くほかないでしょう」

霧の言葉に信忠は頷いた。

「しかし、静かすぎないか」

納屋から出て蔵を検分するまでの間、物音がほとんどしない。あれだけの酒宴のあとなら、酔いつぶれて大いびきをかく者が多くいるはずだった。

秀吉から拝領したという伏見の美酒は素晴らしい香りだった。ただ信忠も霧も、そして月輪も酒には口をつけていない。

「霧、月輪、やはりおかしい」

土豪の部屋に信忠が戻ると、先ほどまでうっとりした顔で天井を見上げていた男は畳に突っ伏していた。畳が濡れているのは、口から吐き出された血溜まりだった。

八

息絶えた土豪の脈を確かめた信忠は、他の部屋も開け放って回る。

屋敷の中が静かすぎたのは、深い酔いのためではない。褒美として下された酒樽に毒が仕込まれていたからだ。

もし、この村の者たちが討った明智光秀が影武者であったとしたら……。

「その事実を知る者の口を封じようと考えるだろうな」

秀吉ほどの男なら抜かりはないはずだ。信忠は周囲の闇が一段と重くなったように感じて身を縮める。その刹那、一斉に弦音がした。

信忠は庭木を背にして立つと、脇差を閃《ひらめ》かせ鏃《やじり》を叩き落とす。そして、刃をすぐに頭上へと突き上げた。

低い唸《うな》り声とともに、忍びが一人落ちてくる。庭の向こう側で骨が砕ける乾いた音が立て続けにしていた。巧みに急所を外し、致命傷を負わずに逃げていくところを見ると、ただの盗賊風情ではなく、やはり影働きのようだ。

「霧は無事か」

と見てみると、廊下に端然と立っている。刺客に襲われていることなど微塵《みじん》も感じさせぬような涼しげな表情に向かって、忍刀《しのびがたな》を構えた男が二人飛びかかった。

だが、刃が届く寸前に一間ほど先に吹き飛ばされ、そのまま動かなくなった。霧の左手が僅《わず》かに動き、その手から白い光芒《こうぼう》が放たれていた。

小柄な影働きとはいえ苦無《くない》一つで男をひっくり返してしまうのだから、とてつもない打撃だ。

だが、その次に霧に近づいた男は苦無を弾き飛ばし、その小さな体を抱え上げた。

信忠は舌打ちして助けに行こうとしたが、霧が顔を上げて信忠を見た。助けを求める悲痛な声ではなく、にこりと笑ってみせたのである。それを見て信忠は追うのをやめた。

霧を捕えたことで目的を果たしたのか、屋敷を襲った刺客たちはすべて姿を消していた。斬り伏せた者たちの身を検《あらた》めても、身元を表すような物はない。

「後を追わないと」

月輪は不安そうだったが、信忠は霧が何か手がかりをのこすはずだと考えていた。

「その手がかりは聞いてるの？」

「……いや」

月輪は呆れたように口を半開きにした。

「大丈夫、という顔をしたんだ」

だがよくよく考えてみれば、そこで足を止めることもなかった。

「ともかく、霧が連れ去られた方角へ向かおう」

と二人は共に駆け出したが月輪はすぐに足を止めた。信忠がその表情を見ると、苦しそうに歪《ゆが》んでいる。

「この村の人たち、どうして殺されなくちゃならなかったの……」

「知らぬでよいことを知ってしまったからだろう」

信忠はそう答えるのが精いっぱいだった。

「それだって確たることじゃないだろ？　あの宴の時だって、みんな大手柄を立てたことはいっても、明智日向守の影武者なんて誰一人口にしていなかった」

何の故もなく命を奪われることも、戦乱の世ではよくある。

「よくある、じゃないよ」

月輪の村も、理由も何もわからず攻め滅ぼされていた。

弔《とむら》ってやろう、という信忠の言葉に月輪は頷いた。

亡骸《なきがら》を土豪の屋敷の庭に集め、屋敷の柱を切り倒してそのまわりに井桁《いげた》に組んでいく。

月輪の大力は、何人分もの仕事を瞬《また》く間にこなしていく。これほどの剛の者を一族全て殺し尽くしてしまう織田家の軍勢がいるとは到底思えなかった。

「勘九郎さまは本当に心当たりはないの」

その問いは信忠の胸に不快な棘《とげ》を刺した。

父が織田家の全てを自分に譲ったわけではないことは重々承知していた。政は信忠の名によって発せられ、信長が承認を与えることで初めてその力を発揮する。総兵力十万を超える軍勢の配置は、信長とその幕領によって戦略が定められ、信忠は方面軍の軍団長の一人として戦っているにすぎなかった。

信忠が答えずにいると、月輪は決まりの悪そうな顔をして組んだ木材に火をかけた。人の体はそう簡単には焼けない。多くの水と脂を含んでいるからだ。肉体を綺麗に骨にするには、相当な火力が必要だ。

信忠は板戸の一枚を持つと、炎の下から風を送り込む。風が炎に当たって悲しげに鳴く。

その時、信忠は人の声を聞いたような気がした。

人の体は命を失っても、熱や腐敗によって様々に変化し、時に大きな音を立てる。

それを鬼哭《きこく》と呼んでいた。

だが、信忠が耳に捉えたのは、確かに生ける者の、しかも子供の泣き声だった。信忠は燃え盛る木組みの上を這い上がり、まさに炎に包まれようとしている、それまで亡骸として扱っていた小さな体を抱き上げると、己の衣に炎が燃え移るのも構わず飛び降りた。

月輪が頭から水をかけてくれ、衣に燃え移った火は消えた。

「すまん。せっかくの形見が」

「衣より命だよ」

月輪は気にする様子もなく、屋敷の中から信忠に合いそうな小袖を探してきた。

「その娘の火傷《やけど》は？」

霧よりも三つ四つ幼い、さらにあどけなさの残る少女だ。髪の毛は眉の上と肩の上で切り揃えられ、その整った毛先に家族の愛情が見て取れるようだった。

九

煤《すす》のついた顔を拭いてやると、少女は小さく呻《うめ》いた。

「気付いて良かった」

月輪の横顔には心からの安堵が漂っていた。

「童に優しいな」

「妹がいたんです」

月輪は童女の火傷に膏薬を摺り込んで手当てをしてやっている。

「ちょうどこれくらいの年頃で」

その先を聞くのは忍びなかったが、月輪は淡々と話し続けた。

「村を襲った連中と懸命に戦っている時に、声が聞こえたんだ。でも村には火をかけられて、全部灰になってしまった」

「そうか……」

月輪は清水を汲んでくると、布に含ませて少女のくちびるに当てた。小さな呻き声を上げて目を開けると、悲鳴を上げて耳を押さえた。

「勘九郎さまがいきなり顔を見せるから」

かといって鬼の面を隠すような布もない。突っ伏して震えている少女は気の毒だったが、命に別状なさそうなことには安堵した。

「恐ろしいのなら向こうに行ってようか」

「いずれ見るから慣れさせた方がいいんじゃないですか」

二人が小声で話していると、童女が顔をわずかに上げてこちらを見ていた。

「皆はどうなったの？」

「それは……」

月輪は辛そうに顔を背《そむ》けたので、信忠は仕方なく村に何が起こったのかを告げた。

童女は燃え盛る炎を見上げて、ぺたりと腰を下ろし動かなくなった。泣き喚《わめ》くわけでもなく、ただ茫然としている。

「私もあっちに行く」

立ち上がるとふらふらと炎の方へと歩きかけた。

「危ない」

「だって、ととさまたちが呼んでいるもの」

炎の向こうに確かに人影が立っているように見える。だがそれは命を失った肉体が高熱の中でのたうち回っているだけだ。

「お前は命を拾った。俺と同じように」

信忠は少女の前に回り、膝をついてその肩に手を置く。

「私も鬼になるの？」

「命を拾ったからといって誰もが鬼になるわけじゃない」

前に進もうとした力がふと緩んだ。

「どうして？」

すぐ隣に死はある。それでも理由を問わずにはいられない。近しい者が命を落とせば、戦であろうが病であろうが、何故その人に災厄が降りかかったのか訊ねずにはいられない。

「皆そこにいてしまったからだ」

「私もいた」

「だが、助かった。拾った命どうし、一度は止めた。でも二度目は己で決めよ」

そう言うと信忠は数歩下がった。

「足手まといになるかもしれませんよ」

「試すようなことを言うな」

へへ、と照れ臭そうに月輪は笑った。

「勘九郎さまもあの童を試しているではありませんか」

「ここで命を拾って俺たちについてくることが、あの子の幸せになるのか」

「ここで一族と共に朽ちるのが幸せ、とは思いません。もう俺たちはあの子をすくってしまいましたからな」

　少女は村を包む巨大な炎の勢いが衰えるまで見つめていた。信忠と月輪も黙って少女を待つ。やがて少女が振り向いて、一つ頭を下げた。霧を探しに行こうと歩き出すと、少女はこっちじゃない、と足を止めた。

「どうしてわかる」

「匂いがしないもの」

　と鼻をうごめかす。童女が指したのは都とは反対の方角だ。

「お前は鼻が利くのか」

「ととさまから犬と呼ばれてるもの」

「娘に獣の名をつけるのもな」

　と言いかけて、父が娘たちに五徳だ鍋だと道具の名をつけてかわいがっていたことを思い出した。お犬の表情からは両親への思慕こそあれ、憎しみは感じ取れなかった。

「でも、茸《きのこ》探すときに地面に鼻をつけて探せって言われるのは嫌だったな」

「酷なことをさせるな」

「土の臭いは好きなんだけど、香りが濃すぎて」

　ということらしい。お犬に導かれるまま山道を進むと、やがて山城と若狭《わかさ》の境の峠へとさしかかった。

十

「若狭には丹羽長秀《にわながひで》がいる」

信忠は父の信任が最も厚かった武将の品の良い顔を思い出した。数々の武功もさることながら、米五郎左と称されたほどに万事において重用された。

北陸一向一揆の鎮圧、光秀と共闘しての丹波、丹後攻略、大和《やまと》の松永久秀《まつながひさひで》との戦い、秀吉との播磨《はりま》進攻、柴田勝家との北陸遠征、と主だった戦にはほとんど加わっている。

戦功第一ではないが、「米」と称されるほどに有用な将だ。

「五郎左も若狭全域を分国にしているわけではないからな」

若狭武田氏のもとで多くの国衆が割拠する形になっていたが、丹羽長秀の入国に伴い、その命を受けて諸国を転戦するようになっていた。

「織田家を嫌っている者も多くいただろう」

信忠にとっては慣れたことでもあった。国衆や土豪は領土の安堵を求めるものの、支配に口を出されるのを好むわけではない。機会を捉えて自立の度を高めようとするし、陰に陽に反抗もしてくる。

「河尻秀隆《かわじりひでたか》も滝川一益《たきがわかずます》も苦労しているだろうな……」

武田氏を攻め滅ぼし、関東の広大な領域が支配下に加わったが、無数にいる国衆や土豪たちが心から従ってきたとは全く思っていない。自分がいて早々に織田家が安泰であると示せていれば……。

それでも、不慣れな甲信や関東のあちこちで蜂起されるようなことがあれば、それを鎮圧して光秀の首を挙げることができたかと言われれば確信はない。

霧の残していた匂い袋に最初に気付いたのも、お犬の嗅覚だった。

「それにしても凄いね」

月輪が鼻をうごめかせる。

「俺も狩をするときに山の獣の臭いを感じることはあるけど」

「すごいでしょ」

お犬は得意げに胸を反らす。

「昔からか？」

「犬神さまと友達になったの」

「犬はうちの村にも多くいたよ」

お犬はまさに子犬のように月輪にまとわりついている。

「山暮らしには犬は欠かせない。俺たちは里の者に比べれば目も耳も、もちろん鼻もいいけれど犬には到底かなわない。人の方が飼い主の立場にあっても、大いなる山の中では決して敵《かな》わない。その神のご加護を得ているなんて」

月輪は目を細めて少女を抱え上げた。

若狭の国境を越えると、あちこちの村で煙が上がっていた。死がこの一帯を覆っている。

信長の死の噂は既に国中に広がっているようで、織田家の禁制が緩んだとしてそれに反抗しようとする者が現れてもおかしくない。

「若狭衆の中でも内紛があるのか」

ここで自分が織田信忠であると名乗って若狭を抑えるのも一つの策だ。長秀は秀吉と共に光秀を討ち畿内に軍を留めている。

「勘九郎さまが余計なことを考えている匂いがするよ」

お犬が言ったので信忠は苦笑した。

「この若君はまだ表の世に未練がありなさるのだ」

「ともかく、霧を取り戻さないことにはどうにもならない。表も裏も歩けなくなってしまう。それに……」

あの少女はこうして命を永らえさせてくれた恩人でもあるが、鬼面をかぶせて過酷な運命を与えた相手でもある。信忠は霧が何を目指し、そして魔王を名乗って現れた父の姿の理由を解き明かすまでは離れないつもりでいた。

「霧の匂いは？」

あっち、とお犬は指さした。若狭の国境を越えてさらに北へ向かうと、越前や加賀の北陸路か、そのまま海へと出る。

「海の匂いが近いね」

「霧が海沿いにいるということか？」

「そうじゃなくて、北から潮の匂いがするってこと」

だが信忠は、このまま海まで出て探した方がよいのでは、と考えていた。山城との境は深い山だが、海まで出ることで一国の様子を探ることができる。信長が命を落とし、謀叛人の死が広く伝わった後、人々がどう動くのか。

信忠は煙を上げ、人の気配を失った村の一つへと近付いていった。腰の小太刀《こだち》が「騒いで」いるような気がしたのだ。

「……ここで待て」

信忠は月輪とお犬を村の入口に近い小さな社《やしろ》に残すと、気配を消して村へと近付いていった。小さくともただ奪われるような村はない。百姓たちですら、生き残っている者は何度も戦を経験した剛の者たちだ。

第五章　八百姫

一

若狭衆《わかさ》の中でも、光秀《みつひで》に味方して若狭一国を手に入れようとした者がいる。

かつてこの国の支配者であった、若狭武田氏の当主、元明《もとあき》であった。だが、信長《のぶなが》も若狭の不穏な情勢を丹羽長秀《にわながひで》から聞いており、すでに手は打ってあった。

若狭衆のうち、有力な者を自らの直臣《じきしん》として重用《じゅうよう》する姿勢を示したのである。若狭衆からしても、力ある者に重く用いられることは自らの安定に繫《つな》がっていく。

その多くは信長のために力を尽くさねばならなくなったし、また自らを守るためにも進んで働かざるを得なくなった。

「若狭武田、卑劣なことをする」

信忠《のぶただ》が言うと、月輪《げつりん》は小さく笑った。

「若狭はもともと彼らが治めていたものでしょ？」

「だが、彼らに任せていてはいずれ若狭は四方の強き者たちに切り取られ、より苦しんだことだろう。父上の庇護のもとにあってこその安寧だ」

「それこそ若狭の者たちが決めることだよ」

月輪は手厳しかった。

村に入ると人の気配がしないが、死体の姿もないのが奇妙だった。

「人さらいの真似ごともしているのか……」

物だけでなく、人もまた金になる。人さらいは信長が厳しく禁じるところであったが、目の届かないところでは横行しているのもまた事実であった。

「五郎左の軍勢はほとんどが河内の港へ向かい、その後も光秀と戦うために多くが山崎に向かったはずだ。若狭武田氏が蜂起した際に、村を助ける兵を差し向けられなかったのだろう」

「ひどいな」

月輪は灰になった小屋の柱の欠片《かけら》を一つ、拾い上げた。

大軍を率いている時は、村が灰になり、破壊されていたとしても、さして気に留めることはなかった。

戦《いくさ》では敵地に近い田畑を刈り取って敵の力を削《そ》ぐ刈田狼藉《かりたろうぜき》をよく行った。境目にある村も、双方の勢力に禁制を頼むなど手を打っていたが、戦乱の世の境界は不安定だ。結局は手塩にかけて育てた作物に火をかけられたりして、多くの民が塗炭《とたん》の苦しみを味わうようになった。

戦乱の世のならい、と信忠は思うしかなかった。いずれ政《まつりごと》で回復させればいいと考えていた。まずは戦を勝利に導くことが、彼に課せられた使命だった。

百姓があばら家を一軒建てるために、一反の畑を拓《ひら》くために、一貫の米を作るためにどれほどの時と労力を使うか知ってはいた。だがそれに人の生死が伴うものとわかっているようでわかっていなかった。

お犬は鼻をつまんでいる。

「この臭い苦手」

「これ、鼻に詰める？」

月輪が素早く布をちぎり、小さな詰め物を作った。

「女の子にそんなもの鼻に詰めて歩けっていうの？」

「誰も見てないからいいかなって」

「勘九郎さまと月輪が見てるでしょ」

月輪は困ったように信忠を見る。少女の心は測りがたい。信忠は黙って首を振った。ほんの少しでも人を不快にさせるのに、血と死の臭いを鋭敏な嗅覚で存分に嗅いでしまったのだ。その時、一軒の小屋が傾《かし》いで倒れる音がした。

「息のある者がいるやもしれぬ」

そちらへ向かってみると、倒れた小屋の上で瓦礫《がれき》ががたがたと揺れている。

「助けねば」

信忠が近づこうとすると、お犬がやめてと叫んだ。理由を訊こうと振り向いた時、その瓦礫の一つが頬をかすめて飛んでいった。慌てて身を伏せると、瓦礫であったものが人の形をとり丸太をつかんでこちらへ叩きつけてくるのが見えた。

「待ち伏せだ！」

信忠は月輪とお犬に下がるよう手を振る。

霧を捕えた者たちは、信忠が後を追ってくることは予期していたはずだ。それを見越して罠《わな》を張ることはおかしなことではない。しかしそのために、村を一つ蹂躙《じゅうりん》していくとはあまりにも非道だった。

瓦礫の怪物の動きには、速さも鋭さもない。だが、その大きさと重さで丸太一撃ごとに地面に大きな穴を開ける。

「勘九郎さま、逃げましょう。霧ちゃんを助けるのが先です」

確かに、相手をしている暇はないと思った。だが、こんなところに鬼を放っておけば、周りの村落に新たな被害を与えてしまう。

「まじめすぎると死にますよ」

月輪の声を聞き流しつつ、信忠は自らの鬼の力を解き放とうとした。このような化け物を出してくるなら、こちらも鬼の力で相手を叩き潰《つぶ》すのみだ。だが、お犬が信忠の腕にしがみついて止めた。

「危ない！」

とそのまま抱き上げて大きく間合いを取る。

「何をするんだ！」

「匂うの」

そして鼻を蠢《うごめ》かせると、涙の匂いだ、と続けた。

「涙に匂いがあるのか」

「人が発するものは何でも匂うんだよ。汗も血も脂も、みんなその時の心を表す匂いを伴うんだから」

「ということは、やはりまだ生きている者がいるということだな」

その者を助けるためにもこの化け物を何とかしなければならない。

瓦礫が命を持ったような化け物は、自らの体の一部を取り外し、礫《つぶて》のように投げてくる。礫は原始的だが、当たりどころが悪ければ命を奪えるほどの強力な武器だ。弓矢の扱えない足軽の中には、騎馬武者をも馬上から叩き落とすほどの強い肩を持つ者もいる。化け物が投げた岩は、燃えている屋敷を粉砕して煙を上げる。

さらに小屋の柱を振り回し、その勢いは信忠と月輪を怯《ひる》ませるほどだ。何度か間合いに入って斬り結ぼうとすると、今度は胴の内側から炎が噴き出してくる。

「どうやら火の残っている竈《かまど》を取り込んでいるようだ」

月輪を見ると、牙をむき出しにして凶暴な唸《うな》り声を上げた。だが、慌てて首を振り自分の頬を張る。

「火を見るとどうにも心がざわついて……」

村を焼かれた月輪の炎への嫌悪は激しい。だが今は、月輪のその激しい戦意が必要だった。

「月輪、そこにある岩をあの化け物に向かって投げてくれ。臼《うす》でも丸太でもかまわん。ともかく、大きくて硬いものをやつにぶつけろ」

月輪は目につくままに、大きな物を投げ続けた。狙いと勢いは確かで、巨大な化け物のどこかに当たる。その度《たび》に、体のどこかが砕け散るのだが、また周りの物を引き寄せて、体を形作る。

「どこかに命の要《かなめ》があるはずだ」

信忠は月輪に言った。

「人なら頭や心臓を砕けば殺せるものね」

だが、命の要がどこかわからなかった。

「勘九郎さま、もしこいつが式神《しきがみ》の類《たぐい》であったらいくら壊しても無駄だよ」

そうならばまた別の手を考えねばならないが、信忠は自らの体が砕けるたびに元の姿を取り戻そうとする際に、どのような変化が生まれるかを見ていた。

なんらかの不思議な力を使ってその巨体を維持している。その秘密がはじめはわからなかったが、周囲の物を引き寄せて体を元に戻す際に、胴の辺りにある竈の炎が一際盛んに燃える様子が見えた。

「あそこが体の要だ。狙えるか」

だが月輪は鍋を投げようと一度構え、そして下ろした。

「だめだ……」

竈の炎の部分は多くのがらくたで守られ、容易に表に出てこない。そして無造作に見える瓦礫の動きは、戦い方を知っている武人のものであることに信忠は気付いた。もしかしたら、この怪物も自分と同じくもともと人であったのではないか、と考え始めた。

「まだ涙の匂いがするか」

とお犬に訊《たず》ねると、これまでよりも強くなってる、と答えが返ってきた。どこを砕いても、人の肉体が出てくるような気配はなかった。ということは本体がどこかにあるか、式神の類かもしれない。

式神は術を行う者との絆《きずな》を断ち切ればいい。だがあの竈を見る限り、この怪物は自らの意志で生きている。彼からすると、信忠たちもこの村に侵入する悪党ということになる。

「村を壊したのはこいつじゃない」

信忠は一度月輪を止めた。

彼の立ち回りは村を破壊しようとするもののそれではなかった。

信忠たちが村から出ると、その化け物は追ってこない。逆に村の奥へと進もうとすると、猛然と襲いかかってくる。

「勘九郎さま、あの化け物の後ろに何かあるのかもしれません」

月輪もそれに気づいていた。お犬も涙の匂いは向こうからすると指している。

「俺たちはこの村から何かを奪いに来たわけではない」

何とかそう伝えようとしたが、言葉が通じる様子もない。その時、

「この大きい人の動きを少しでいいから止めて」

とお犬が叫んだ。

「止めてくれたら私があの向こうへ行ってみせる」

獲物を狙う狼のように身を屈《かが》めている。信忠は月輪と視線を交わし、同時に飛びかかってその四肢を押さえつけた。その隙にお犬が化け物の体をかいくぐって向こうへ駆け抜けていくのを見た時には、二人の体は宙を舞っていた。

二

瓦礫の巨人は身を翻《ひるがえ》し、お犬を追いかけた。

放り投げられた衝撃にも構わず、信忠と月輪ももう一度その手足に飛びついたが、今度もたやすく振り飛ばされてしまう。その瓦礫で覆われた巨大な腕が、お犬の後頭

部へ叩きつけられようとしたその時、巨人が動きを止めた。

信忠たちが飛びついても微動だにしない。

その振り上げた拳の先では、お犬が身をかがめて何かを見つめていた。

化け物が動かないのを確かめ、信忠たちもそこへ近づいていく。お犬は自分よりもさらに幼い少女の頬に手を当てていた。

「涙の匂いの源はここなんだな」

お犬はこくりと頷《うなず》いた。

「でも不思議なことがあるの。もうこの子の体は死んでしばらく時が経っている。すっかり冷たくなっているのに涙だけが熱いの」

この少女はまだ息があるのか、と信忠は思っていた。頬を見れば、まだ新しい涙で濡れている。だがお犬は、もう亡くなって一晩は経っているはずだ、ときっぱりと言った。

涙にも匂いがあるが、死にも匂いがある。人の肉体は、鼓動を終えたその瞬間から変わり始め、生きている間には放つことのなかった死の芳香を放つようになる。

後ろで、何かが崩れ落ちる音がした。

振り返ると瓦礫の巨人から、体の一部にしていた物たちが落ちていく。それは荷車や武具や農具といった大きなものだけではなく、皿や手桶《ておけ》のような小さな物までが含まれていた。

「この巨人、家でできているんだね」

月輪が感心したように言った。この少女を守るために、屋敷が巨人となって戦うなど聞いたことがなかった。信忠たちが少女の亡骸《なきがら》の傍らに腰を下ろすと、その小さな体が一度びくりと震えた。

お犬は驚いたように目を見開いている。

「もう止《や》めて」

「この子は死んでいるはずなのに」

体が何度も波打つたびに、新しい涙が流れ出す。

お犬も涙を流していた。信忠は不快な、軋《きし》むような鳴き声を感じていた。鬼王の面が熱を持ち、痛みを伴ってくる。この少女の体にあってはならぬものが取りついている。

「やはり鬼成《きな》りの蟲《むし》か……」

少女の体からはい出してきた禍々《まがまが》しい姿を見て、信忠の怒りは爆発した。鬼斬りの小太刀を抜くと、己の怒りを刃先へと籠める。白い炎は刀身を巨大なものへと変え、信忠はそのまま蟲の頭に突きたてようとした。

だが、その前に蟲は苦しみ始めていた。高く耳障りな音を立ててのたうちまわると、自ら赤い炎に包まれて灰となっていく。その炎の源となっているのは、蟲の体内から染み出している透明な液体だった。

「涙の匂い……」

「蟲が泣いているのか？」

「違う。この子の」

お犬は少女の頬を濡らしている涙をそっと掬《すく》い、蟲の上に垂らした。ひと際大きな炎を上げて蟲は燃え尽きる。

「鬼になることを拒んだんだ」

月輪が呟《つぶや》く。瓦礫の中に、一人の男の亡骸があった。娘の懐にあった小さな脇差の袋に縫いこまれていた家紋が、男の具足に刻まれていたものと同じだった。

「父か兄かな」

それも判然としないほどに、男の五体も顔も傷ついていた。互いを守ろうとし、その思いに付け込まれて鬼成蟲を仕込まれそうになったが、少女の強い思いが全てを明け渡さなかった。

「腹が立つな」

月輪は少女たちを葬る穴を掘りつつ言った。

「鬼になるのも人でいるのも、誰かに強《し》いられてすることじゃない」

こうして人々を手にかけ、鬼になれる者に蟲を埋め込んでいくことが父の望みなのか。そうして手に入れた力で天下を得るのが、民と侍たちの安寧に繋がるのか。

「人でいても、誰かに命じられて生きているんでしょ？　勘九郎さまはお殿さまの子だから、誰かに命令できるけど」

「下す命は己のためだけではない」

それは誇りをもって言えた。誰よりも天下の安寧と静謐《せいひつ》を願っていたのは、父にほかならない。政が定まれば民の暮らしも安らぐ。苛烈な戦いぶりも全てそのためだ。

「でもこうしていくつもの村が焼けたり鬼成りの蟲を使って誰かを操ろうとするのも、政のせいなんでしょ？」

お犬の口調には怒りと悲しみが含まれていた。この村の光景は彼女の故郷の末路と何も変わらない。信長が命を落としたことで束の間の平穏を取り戻していた村々にも再び災厄が訪れている。

「俺にできることをする」

信忠はそれが信長の子としての務めだ、と改めて思う。

「鬼を操って乱を広げようとする不埒《ふらち》者は、たとえ父を名乗っていようとそれを止める。このような村を何度も見たいとは思わん」

穴の中に少女と武者の二人が並んで葬られた。

「その言葉が本当なら私は勘九郎さまについていく。でもまずは、霧さんを助けないとね」

あっちから匂いがすると、とお犬は再び北を指した。

三

若狭国内の混乱は、光秀の敗北の報が広まるに従って鎮まっていくようだった。若狭衆のほとんどは武田氏につかず、一時国内を荒らしまわった武田勢はやがて石臼で弾きつぶされるように滅び去った。

お犬に導かれるまま、信忠たちは北陸路を進む。だが、それは里の人々が往来する表街道ではなく、月輪たち古《いにしえ》の民の系譜を継ぐ者のみが通ることを許される「山の道」だ。

三頭の牛が一台の荷車をゆったりと曳《ひ》いてすれ違う間、信忠たちは道の脇に避《よ》けて待っている。鬼の面や月輪の異様に発達した筋骨に目を留める者もいない。

「霧の行方を訊ねないのか」

信忠の言葉に月輪は首を振った。

「山の道を歩く者にその行く先を訊ねることは禁じられているんだ」

「お前は俺にどこに行くかと話しかけてきたじゃないか」

信忠が咎《とが》めると、

「勘九郎さまは山の民じゃないもの」

と言い返してきた。

「わかるんだな」

「お犬の言葉を借りれば匂いが違うんだよ。里の者は里の匂いがするからね」

「では俺がここを歩いているのを見た山の者たちは、怪しいと思っているのか」

「鞍馬《くらま》の若いのが何か事情があって連れているんだろうな、とは思っているでしょうね。信濃《しなの》の者たちから鬼の面をつけて命を永らえた信長の息子、と噂が回っているかもしれませんが」

信忠には一つわからないことがあった。

「霧をさらった者たちは山の民なのか」

「それを確かめに行くのでしょう? 山の民といっても峰、谷、津の数だけいるのですから」

月輪はお犬の導く先の見当がついているように見えた。道沿いには時に小さな集落が現れるが、無人のところもある。

「近いよ」

お犬が言った時には、道は小浜《おばま》の城下を見下ろす峠に出ていた。

この辺りは柴田勝家《かついえ》を筆頭に前田利家《としいえ》、佐々成政《さっさなりまさ》などの軍勢が治めている。主力は越後の上杉と戦うためにさらに北東へと進んでいるはずだ。

「大軍勢が通り過ぎた気配はなさそうだ」

軍勢が動くと町が動く。難を避ける者、商機を求めて集まる者、日ごろの暮らしを変えずとも、不測のことに備えなければならない。だが、その様子はなかった。

「上杉は強敵だ。勝敗どちらにしても身動きがとれないこともあるだろう」

信忠は天下の情勢を一日も早くこの目で確かめたかった。武田攻めの主力となってくれた河尻秀隆《かわじりひでたか》と滝川一益《たきがわかずます》と連絡をとることができれば、また流れは変わるのではないか。

かつて将領として大軍を率いていたころは、四方の情勢は座していても入ってきた。もちろん、漫然と待っていたわけではなく、もたらされる報を取捨しながら戦略を定めていたが、今の立場だと何もわからない。

「お犬はいいな。匂いがよくわかって」

少女はむっとした表情を浮かべて振り返った。

「勘九郎さまは私みたいに鼻が利いたことあるの？」

ない、と答えるとお犬は信忠の面の鼻を摘《つま》んだ。

「じゃあそういうこと言わないでください。良い香りもずっと遠くから嗅ぐことができるけど、さっきみたいに悲しい涙や死んだ人の臭いもずっと鼻の奥から消えないのだから」

「耳が痛い」

「私だって勘九郎さまがどんな気持ちでいるかなんてわかりませんもの」

鼻から指を離し、大きく息を吸い込む。

「でも私は風の匂いが好き。山も川も海も里も、いい匂いで溢《あふ》れてる。人と獣が穏やかに暮らしてる時の匂いは本当にいいんだよ」

だから、戦で人が泣いたり家が焼かれたりする臭いは嫌い、とお犬は言った。

「勘九郎さまと霧さまと月輪が助けてくれたのは、もっと風の匂いを嗅いでいていいって、犬神さまが許してくれたんだと思うようになった」

日が暮れると同時に、三人は里の街道へと出た。南風が吹いているのか、肩にのしかかるような重く湿った夜気に満ちている。

「霧さんの香りにお寺の匂いが混じっている」

「寺社に囚《とら》われているということか」

「どこかまではわからないけど」

村々に寺や社はあるが、若狭や越前は特に多い。門徒の寺から古くからある多くの禅寺まで合わせると百ではとうてい収まらない。信忠も任地へ行くと国衆たちへの仕置に加えて、寺社との折衝にも忙殺されたものだ。

「霧をさらったのがどこかの坊主だとしたら面倒だな」

寺社もまたそれぞれの土地を守るために八方に目を配っている領主である。禁制を得て守ってもらえるなら服従するし、権益を削ろうとすれば反抗する。

「門徒はたちが悪い」

信忠は苦々しげに言った。

「やつらこそ悪鬼魔道の生臭《なまぐさ》よ」

それを聞いて月輪は渋い顔をした。

「うちは門徒だったよ」

「だった？」

「村に来た坊主が姉さんに手を出そうとしたから殺したけど」

「そういう奴らだ」

「その前に来た白山の行者はもっとひどかった。俺たちにも隙があったから、神仏をくらがえする時はよくよく気をつけようって大人たちは話していたけど。でも一時は阿弥陀を唱えて救われた気にもなったから、あまり悪く言わないで欲《ほ》しいな」

信忠は面白く思った。

「教えを捨てても憎みはしないのか」

「だって、多くの人が本願寺のお坊さまを敬ってるんだろ？　俺だって大切にしている山や川の神々を悪く言って欲しくないもの」

「なるほど……」

やがて、お犬は足を止めることが多くなった。

「霧さまの匂いはどんどん近づいているけど、近すぎてよくわからない。きっとこの辺りを行ったり来たりしているみたい」

「ということは、身動きがとれるということか」

「居所を定められないようにあちこち連れ回しているのかも」

月輪の言葉に信忠は納得した。お犬が言うには、ある寺院を中心にした一定の範囲に、霧の匂いは集まっているという。

小浜の町から南東に数里入ったところに、その伽藍《がらん》はある。信忠たちは日が暮れるのを待って、その寺へと近づいていった。

既に廃寺となっているようで、山道は草に覆われ、山門は崩れかけている。お犬はここに間違いないとは言ったが、奇妙なことがあると首を傾げた。

「ここまで近づけば他の人の匂いもするのに、霧さまの匂いしかしない」

もしや罠ではないかと怪しんだところで、破れかけている山門が大きく開いた。信忠と月輪は身構えるが、山門の奥に燈明《とうみょう》が灯《とも》ったのみだ。

そこにいつの間にか姿を現した編み笠姿の僧侶たちが参道の両側に並んでいる。笠を目深にかぶっているがその体格を見ると全て尼僧のようであった。尼寺なのか、と訝《いぶか》しみながら燈明の中を慎重に歩いていく。

「匂いがしない」

とお犬はもう一度言った。どれほど清らかな身であっても、生きている限り匂いが出る。姿があるのに匂いや気配を発しない理由に、信忠は思い当たった。自分たちが見ているのはまやかしではないか……。

「己の力量が足りず、気配を察知できないからといってそれが幻であると決めつけるのはいかがなものでしょうか」

唐突に一人の尼僧が口を開いた。

四

「この世は全て幻。ですが幻にとってはその幻こそが真実。では何が実で何が幻か誰が定めるというのでしょう」

別の尼僧が続ける。

「あなたは二条城でその身を焼かれ、骨の欠片も残っていない屍人《しびと》。未練が形を持って鬼の面などをつけて生きているふりをしている」

信忠は己の足元が揺らぐような気味の悪さを覚えた。

槍や鉄砲でこちらを攻撃しようというのではない。お前は死んでいると信じ込ませることで、こちらの生を奪おうとしている。そうはさせまいと懸命に信忠は踏ん張った。

「あなたは諏訪《すわ》の鬼の血を引く娘にたぶらかされているのです。謀叛《むほん》人に命を奪われ、さぞかし無念なことでしょう。我らがありがたき経を読み上げ、あなたを成仏させてあげます。安らかに眠るのです」

信忠は警戒を露《あら》わにしていた。

「俺は目覚めている。下らぬことを言うな」

この廃寺はただの尼寺ではない。霧をさらい、自分たちをここまでおびき寄せたのだ。

「目覚めている？」

別の尼が笑みを含んだ声で言った。

「正覚《しょうがく》の境地にあると言いたいのですか」

「何それ」

月輪が信忠を見る。

「悟りの境地だよ」

「そんな大げさなものじゃないけど、霧さまの匂いがするからここまで来たの」

お犬が横から言うと、別の尼が上品な笑い声をあげた。

「煩悩にまみれた童たち。執着を捨てて寂静《じゃくじょう》の道を歩みなさい。ここでならその修行ができますよ」

「修行もいいですけど、私たちには霧さまが必要なのです」

無邪気なほどに明るい声でお犬は言った。

「何のために？」

「魃鬼《オニ》がいっぱい出てきて皆が困ります。村が焼かれ、鬼になる蟲を埋め込まれて化け物になってしまう」

信忠は脇差を腰から外し、目の前に掲げた。

「鬼斬りの小太刀ですか」

また別の尼僧が言った。

「でも尼さま、どうして一人なのに沢山いるふりをしているの？」

お犬が言うと尼僧たちの姿が消えた。光が一斉に消えて境内が漆黒に包まれる。夏の重く厚い雲に覆われて、より闇が濃い。だがお犬は驚くことなく、

「どうしているのにいないふりをするのです？」

とまた問うた。

本堂の奥に一つ光が灯った。

「どうやらこの娘は正覚に近いようです」

お犬はそちらに近付こうとするが、月輪は止めた。

「罠かもしれない」

「罠だったら私たち死んでると思う」

お犬は尼僧に害意はないと言った。信忠は奇妙な術を使う尼僧を信用できなかったが、そのまま本堂へと進んでいく。

「この寺の気配、憶《おぼ》えがある……」

気付くと信忠は寝床に横たわっていた。天井に鮮やかな胡蝶《こちょう》が舞っている。蓮池には鮮やかな羽を休めている鳥がいる。極楽浄土で目覚めればきっとこんな光景が広がっているのだろう。

「信濃に戻ったのか……」

体を起こし、人を呼ぶ。穏やかな朝の光が満ちている庭にむなしく声が響くのみで誰も応えない。息をするたびに頭から何かが抜けていく気がして、信忠は焦った。早く誰かに会わなければ。しかし、会わなければという焦りの理由さえもぼやけていく。

廊下を歩いていくうち、安らかな寝息が聞こえ、そっと戸を開けた。

五

「松……」

妻の美しい寝顔にそっと近づき、枕元に膝をついた。起こそうとして、動きを止める。

あの時、妻の姿をした女性は自分を見て悲鳴を上げた。鬼の面に取りつかれた夫を受け入れられない、とそこから走り出てそれ以降会えていない。だがあれは幻影だった。

「幻ではありませんよ」

松は目を開いていた。

「あなたは二条城で死んだ。いまそこにあるのはかりそめの姿。その名前と地位を用いて己のために使おうとする者が、この世に引きとどめているに過ぎないのです」

信忠は妻の視線を受け止めた。

「確かに俺は死んだ。二条城で炎に包まれ、抱えきれぬ無念のうちにこの肉体は滅びた。本能寺の父とは冥土《めいど》で会うことになると思っていたのに、共にここにいる。正直に言うと、死してなおここにいる理由がわからないよ」

父は途上で終わった大望を完遂させるためにこの世に残ったと言っていた。だが、それは叶わぬ願いだ。織田信長の肉体は既に本能寺で滅び、謀叛人も既に討たれて情勢は進みつつある。

「俺は父のいう『魃鬼』の天下にはしたくない」

「鬼の面に生かされていても？」

松は黒々とした瞳を信忠に向けていた。

「鬼は鬼として平穏に暮らせばよい。人はいまだ戦乱の世にあるが、父は天下静謐《せいひつ》の道半ばまできていた。その後を継ぐ者も大きく外れることはしない。そう願っている」

信忠は立ち上がり、戸を大きく開け放った。

「人は人の世で、鬼は鬼として暮らせる世にしておくのは、天下人《てんかびと》の子として、かつて織田家の家督を継いだ者として振る舞い、戦うよ」

「そんなことができるとでも？」

「できなければ戦乱はさらに続き、兵も民も、そして鬼と呼ばれてきた者たちもより多く死ぬ。将として死を恐れるものではないが、無駄な死を止める力が己に備わっているのなら、それを使うのが務めだ」

「父の名がなくとも、それが成し遂げられるか」

「父もまた、その父を超えてきた」

ざ、っと風が吹き込んだ。これは信濃で感じた風ではない。海の香りだ。今の自分は信濃の白嶺にいるのではない。小浜の廃寺で不思議な尼に会い、霧を返してもらうよう談判に来ている。

「夢幻の如きながら、さにあらず」

振り向くと、松の姿はなく霧が端然と座っていた。

「どうやら認められたようです」

「認められた？」

「名のある鬼の一人です」

その者は普段美しい尼僧の姿をし、天下を逍遥《しょうよう》しているという。

「八百姫《やおひめ》という八百年生きていると言われるお方で、聞くところではもっと長く命を保っているとか。幻術をよくすると聞きますが、私もお会いできたのはこれが初めてです」

嬉しそうにそっと胸に手を当てる。

「八百比丘尼《はっぴゃくびくに》と呼ばれることもありますが、元は僧形ではありませんでした。長く天下を巡るうちに無常を感じ、仏門に入られたと聞きます。かつては欲を満たすために術を使われたこともあったそうですが、今や衆生《しゅじょう》のためにのみ生きると誓いを立てられているのです」

その志が信忠の言葉を受け入れた、と霧は言う。

「これで北陸では動きやすくなりました」

「守護のような者なのか」

「それとは少し違うのですが……」

ただ、信忠の心中には引っかかるものがあった。

「もしや、俺たちを試したのか」

霧は頷《うなず》く。

「その志に曇りがなく、邪《よこしま》でないかを見てもらわねばなりませんでした」

だから敢えて助けを求めなかったのだという。

「俺たちを試すのはいい。だが、そのためだけに村を一つ火にかけ、無辜《むこ》の人々の命を奪うのはあまりに酷ではないか」

「八百姫さまは幻術をよくする、と言ったでしょう」

「待ってくれ」

月輪が困惑したように言った。

「じゃあ、あの野盗に襲われていた村も幻だったというのか？　じゃあ、あの村で戦った瓦礫の巨人も、死してなお涙を流し続けた少女も……」

霧の姿は消え、暗い本堂の中にお犬が微笑を浮かべてそこに立っている。

「幻の中でただ一人実である、その意がわかりますか」

「まさか……」

信忠は少女の前に跪《ひざまず》く。

「お犬が八百姫さまなのか」

「久しぶりに楽しいと思える旅でした」

異能を持つ小柄な少女から放たれる威厳に、月輪が思わずひれ伏していた。

「八百姫さまだなんて、名前しか聞いたことなかったよ」

三拝する月輪を見てお犬は笑い出した。

「月輪、私これまで通りの方がいいな」

「そうは参りません」

拝跪《はいき》したまま月輪は後ずさった。

「もうお忘れかもしれませんが、我が村においで下さった際に村の粗忽《そこつ》ものが八百姫さまに無礼を働き、きつい罰を受けたのです」

「鞍馬の山の中では随分と歓待を受けました」

お犬は目を細める。

「あの時はわたくしも良くありませんでした。劣情を催すような若き女性の姿で血気盛んな若者と酒を酌み交わしたりしたものですから」

お犬がその場でくるりと回る。翻った袖に一瞬目を奪われた次の瞬間、いたいけな少女は嫣然《えんぜん》たる舞姫へと変わった。

「八百の名は命の長さのみを語るに非《あら》ず」

「無数の姿を持つということですか」

信忠の言葉に微笑《ほほえ》んだ。

「虚実はなく、ただあなたが見るものがそこにある。私もただそこにある者を見る。表裏も虚実も私の前では一切無力。この先、山の多くがあなたの力となりましょう」

信忠は丁重に礼を言った。

「勘九郎さまの志、あらためてお聞きしたい」

「鬼成蟲を埋め込まれて人が変化《へんげ》するという変事が続いているのであれば、眷属《けんぞく》を殖やそういう父の……父を騙《かた》る者どもの仕業とすれば、見過ごすことはできません」

お犬は頷いて、寺の本堂へと去ろうとした。

「あの……」

振り向いた八百姫に向かって月輪が膝をつく。

「私の旅は終わりでしょうか」

「これ以上お手を煩わせるわけには」

もどかしいほどにゆっくりと去るお犬の背中に向かって、それまで黙っていた霧が声をかけた。

「もしご迷惑でなければご一緒に……」

全てを言い終わる前に、お犬は月輪の首に飛びついていた。

六

若狭も越前も、海沿いに広がる里や田畑とは違う世が、山間に広がっている。

「私のいた寺のように、里の人々が使わなくなった寺社や村を山の民が使うことがあります。祭りのように賑わい、そして時が来ればまた去っていく」

「それは、鬼の一族なのですか」

「目上に対するように話すのはやめて」

八百姫はかわいらしく頰を膨らませた。

「私は勘九郎さまと月輪に助けられたお犬という少女でありたいのです」

「……わかった」

月輪は信忠の目くばせを受けても肩を竦《すく》めていたが、信忠はこれまで通りお犬として接することにした。

里の民が天下の情勢を探ろうとすれば、より人の多い場所に行くのが常だ。宿場町であったり城下町、門前町であったりするが、山の民は蜃気楼のように古き道の中に突如として現れる祭礼の村を、知り得たことをやり取りする場に使っている。

「なんという村なのですか」

「村の名はなく、治めている者もいないの」

そんなことができるのか、と政をしてきた信忠には信じられない思いだった。

「山の道を行くことを許された者だけが、そこに出入りすることができる。出会えたら幸運で、出会えなければ縁がないだけ」

細い獣道の向こうから、祭り囃子《ばやし》が聞こえてくる。

尾張でも関東でも聞いたことのないような、体が浮き立つような不思議な旋律だった。

「種子《たね》や屋久《やく》の者たちが来ているようです」

「あの辺りにもいるのか」

「遍《あまね》くいます」

　そう言いつつお犬は寂しげだった。

「薩摩《さつま》あたりも山の民の数が多かった。九州はもともと、山の民の楽天地だった。しかしここ最近はそうでもないようなのです」

「九州は島津家が随分と勢威を広げているというが」

　尾張における織田家と似たところがある、と信忠は見ていた。その後の膨張ぶりも苛烈な戦い方もまた似ている。

「島津は力をつけ、南九州一帯をその手に握るほど軍勢を進めました。彼らは里だけではなく山にも手を伸ばしていると聞きます。従わない者は容赦なく殺し、滅ぼしていると」

「しかし、一度敵を山へ引き込んでしまえばそう簡単には負けないのではないか」

「勘九郎さまもご存知の通り、山の民は里の者たちに比べると数が少なく、島津軍には南蛮渡来の鉄砲も多くあります。もちろん、一対一の組打ちになってしまえば、さすがに島津の兵といえども山の民に敵《かな》うものではありません。ですが彼らには知恵者も多い。如何《いか》にして戦うかを知ったのでしょう」

さらに島津は、島々の掌握に力を入れているという。

「島での居場所がなくなった山の民は海を渡り、助けを求めようとしているのです」

「それはうまくいきそうなのか」

「いえ。そこは山の民の性分もあって」

「性分？」

「己や仲間を守るためには戦いますが、国を越えて徒党を組むことはまずないのです」

これほどの力を持つのだから、手を組めばさらに強くなれる。もったいない、と信忠はため息をついた。

「その通りです。我ら山の民が強い理由、そして滅びかけている理由も全てそこにある。互いを尊重するが深入りもしない。たとえ滅びを前にしていても、です」

信忠はそれができる彼らをうらやましく思った。戦が少なくてすむ。

「しかし、時の移ろいと共に天下の主は里の民となりました。互いに関わらず、争わず、助けないよりも、その逆をする方がより強くなる。一度命を落とした織田信長は、どのような経緯かはわかりませんが、古き民を糾合《きゅうごう》する道を歩み始めた。徒党を嫌う者たちを魔王の力で束ね、天下に君臨しようとしている」

信忠はやはり弟たちと織田家諸将の力を借りずに魔王となった信長を止めることはできない、と考えた。ただ、今の自分を信じてもらえるか、魔王となった信長の恐怖を皆が信じてくれるのか……。

「最初に話を持っていく人が肝要だ」

信忠は考えた。

主君の信頼を得ていたのは、丹羽長秀と柴田勝家が双璧と言われていた。しかし、寵愛《ちょうあい》に近いほどに評価されていたのは、明智光秀を除いては羽柴秀吉を措《お》いて他にいない。

続いて弟たちの顔を思い浮かべた。

兄弟で大軍勢を率いているのは、伊賀にいる信雄《のぶかつ》と伊勢の信孝《のぶたか》である。

信雄は伊賀一国を任されているが、その攻略にも統治にも苦労している。本能寺の後、光秀を討とうにも身動きが取れなかったことは容易に想像できる。

光秀を討つのに最も都合のいい場所にいたのは、和泉国岸和田で軍勢を率いていた信孝だった。信忠自身は、信雄よりも信孝の方を高く評価していた。

父に呼ばれて京都にいることが多く、公家や皇族たちとの折衝や、畿内各地の有力者の取次などを務めていた。

戦も決して弱いわけではなく、丹羽長秀のような歴戦の武将に補佐されていれば、光秀にも引けを取ることはないはずだった。

しかし、信長が命を落とした際に陣を離れ、丹羽長秀の姻戚でもある塙直政《ばんなおまさ》の城に招かれていたせいもあって、軍勢の多くが逃亡してしまった。

信孝は少なくなった兵力を何とかまとめ、光秀方についたと思われる武将の城を落としたり、すぐさま秀吉と連絡を取って軍の主導権を握ろうとした形跡があった。

だが、信孝の後ろ盾であった丹羽長秀は軍勢の多くが陣から去ったことに衝撃を受けていた。そして信長との結びつきも強かっただけに、その落胆が怒りよりも大きくなってしまっていた。

羽柴秀吉が光秀討伐の軍勢の総大将を織田信孝に、そして軍勢の指揮を丹羽長秀に任せようとした振る舞いは称賛された。

織田家の序列からすればごく自然な成り行きともいえるが、丹羽長秀はその申し出を断った。四国討伐の大軍を任されていながら、その大半を掌握しきれずに逃げられてしまったことは、武将の面目を失ったに等しい。

「三七なら俺の言葉を信じてくれるかもしれない」

信忠は心を決めた。戦乱の世では兄弟でも気を許してはならない。だが、肉親にこそ頼るべき時がある。

「奇妙丸《きみょうまる》は表の世界でも織田家の家督を望んでいるのですか」

霧は訝しげに問うた。

「……今は家督を望んでいるわけではない」

七

「本当に？」

自分は織田家の跡継ぎだ。それは間違いない。だが手元に軍勢はおらず、望める状況にない。鬼王の面をつけているといっても、まだ月輪や八百姫が味方してくれているのみだ。

古き民の街は、夜が来ても賑わいが消えることがなかった。

どこの国の音楽とも知れぬ心沸き立つような旋律は、昼間流れていた南の島々のものとも違って、乾いた涼しげなものへと変わっている。

「日が暮れれば眠るものだと思っていた」

信忠が言うと、

「これは祭礼だ。古の時には一年一年が奇跡なんだ。病や天地の災いなく、禍事《まがごと》をくぐり抜けてようやく季節を一巡し、やおよろずの神々に感謝して互いの健在を祝うの」

四方から集まっている山の民は、容貌も様々だ。体の大きさ、肌の色、髪型、衣服も、全てが違う。中国風の者もいれば、朝鮮、そして南蛮に似た姿の者もいる。

「皆この天下に生きた者の姿を伝えている」

信忠も諸国を見てきたつもりだったが、彩りと豊かさに目を奪われていた。

「これほど全てが違う人々が集まれるのに、どうして一つになれないのだ」

「異なるものを一つにすれば争いが起きる。私たちの間でも、かつて何度も大きな戦が起きた。誰かが覇を唱えようとし、富と権力をその手に握ろうとした。ある時は神や仏の名のもとに。ある時は誰かの理想のもとにな……」

「うまくいかなかったのか」

「異形であっても人は人だ」

霧は吐き捨てるように言った。

「八百姫さまのように悟りに達している人ばかりではない」

「私は悟っているわけではありませんよ」

お犬が言った。

「ただ、千年も生きていると煩悩《ぼんのう》どもとの付き合いも変わってくるだけ」

お犬は大きく伸びをして、風の匂いを嗅いだ。

「それで、勘九郎さまは次にどこに行くのか心が決まったのですか」

「一度岐阜へと戻り、滝川彦右衛門を探す」

武田攻めの前から羽翼となって戦っていた勇将、滝川一益は、もともと忍びの一族だった。彼らは山の民に近い。鬼となった自分を冷静に受け入れることができる目算が一番高いのが一益だった。

「山崎での戦に間に合わなかったから、家中での言葉は重みを失っているのではないか」

霧は言った。

「羽柴藤吉郎では足りぬのか」

「いや……そういうわけではない」

「情勢を聞くと、信長が命を失った後、もっともうまく立ち回っているのが藤吉郎だろう。丹羽長秀が軍勢の指揮を任せたことからも、天下の大勢はかの者に集まるのではないか」

信忠は答えなかった。

「下に見ているのか」

霧がずばりと言った。

秀吉は信長麾下《きか》でもやや異色な出自だ。多くの将が抜擢を受けたといってもどこかの国衆や地侍から出ているのに対して、秀吉は信長の小者として織田家に入っていた。

「いや、藤吉郎は傑物だ。それは疑いない」

信忠は秀吉の力量を高く評価していた。不思議なことに、ごく近い場所で戦うことがほとんどなかった。かといって疎遠なわけではなく、顔を合わせれば慇懃《いんぎん》であるし、明るく声をかけてくることもある。

「ただ……」

「好んでおらぬのだろう?」

「将としても国主としても見事なものだ。だが、今の俺の力になるのは彦右衛門なのは間違いない。霧、尾張への道を教えてくれ」

信忠が歩き出すと、面がしくりと痛んだ。

振り返ると、昨日まで祭礼で賑わっていた村が、もはや木立の中に消えてもとの所在すら明らかでない。

「ああして消えていくのか」

「消えるわけではありません」

霧は言った。

「またどこかで明日、同じような町が目覚めるでしょう」

山の道は険しいが、目指す地まで最も短い距離を進むことができる。歩いているうちに、獣道《けものみち》のようであった狭い道がかつては広い街道だったのではないか、と感じる瞬間があった。二間ほどある石畳が草や苔《こけ》の下に続いていることがある。

「山中にこれほどの道、山の民はかつてそれほどの力を持っていたということか」

「山の民、ではありません天下の民が一つであった頃の話です」

私も詳しく知っているわけではありませんが、と霧は続けた。

「全ての街道、北は蝦夷地《えぞち》から南は薩摩に至るまで、荷車が往復できるほどの石敷の街道が整えられていたといいます。いつしかその道は廃《すた》れ、里の人々はその道があることすら忘れました」

「これほどの道が諸国に通じていたのか」

信忠は苔むした石の道に触れる。どれほどの手間と費用がかかるか、信忠はその壮挙を思い浮かべた。道の整備は父が何よりも腐心していたことだ。元々尾張の港町を領していたこともあって、物と人の流れが富を生み出すことを熟知していた。

武田を必ず落とせ、と命じられていたのは信玄《しんげん》が握っていた甲斐の金山を手中に収める意図もあった。

「この道が忘れ去られたのは何故だ」

「道を築き、それを使い保つためには山と里、双方が手を携えていなければなりません。どちらかがより多くを望むと、争いが生まれる。もしその争いが互いを滅ぼそうとするほどの激しいものであったとしたら」

信忠が与えられていたのは、岐阜城を中心に美濃《みの》と尾張の二国だ。それに加え、甲斐、信濃に河尻秀隆と丹羽長秀らが統治することになって、信忠の軍団は東海から関東にかけての四カ国以上を領有する巨大な勢力になるはずだった。

それが今や互いの位置を探るのも一苦労だ。

岐阜へ近づくにつれ、滝川一益は信長の死後思った以上の苦境に陥っていたことが明らかになってきた。

武田氏が力を失ったとはいえ、甲斐や信濃の国衆たちは織田家に対してなんら義理や愛着があるわけではない。恩も義もなければ忠誠を尽くす必要はない。その恩義の関わりをこれから築こうとした矢先に、信長は倒れてしまったのだ。

小浜《おばま》から美濃へ抜ける道は山深い。

琵琶《びわ》湖の北縁をかすめるように東へ向かい、長浜から琵琶湖の東岸を通って東海道へ出るのが、人々が通る一般的な道である。

大垣からそのまま国の境を越えて岐阜へと向かう道のりは、信忠も単身であっても軍勢を率いてであっても、何度も往来した道だ。

長浜から東へ延びる道が山間の集落へ通じていることは知っていたが、その先に山の民の道があるとは知らなかった。

「村の者たちは知っているのか」

「山にすむ民といっても様々です。里の支配に従う者、その支配を逃れて山の掟《おきて》に従う者。里の主に従えば山の掟を忘れます」

「俺がその掟を身に付けられるようになるには、いかほどかかるのだ」

「時の長さではありません。あなたが信長のたくらみを、鬼の王として止める覚悟ができれば、山は自らその力と思いをあなたに託すでしょう」

近江から美濃への道もやはり険しい。人通りも少ないのか、より荒れていた。

八

岐阜の城下は騒然としていた。

信忠の死は確かなものとして報じられ、美濃の要として全幅の信頼を置いていた斎藤利治《としはる》も信忠と同じく命を落とした。

斎藤道三の血を受け継ぐ者としてその遺志を継ぎ、織田家との関係が美濃の人々の安寧につながると信じ、そのために全てを捧げてくれた。

偉大な父を持ち、性格も実直で戦にも強かった。斎藤利治は信忠にとって、君臣の間柄を超えた、唯一人友とも呼べる存在であった。

「城は……無事か」

そこに自分がいないのが、戻れないのがもどかしい。

「私も同じ気持ちでしたよ」

霧が乾いた声で言った。

「新府が落ち、武田が滅んだのを知った時、思いました。甲斐と信濃の山河も人々も何も変わらないのに、私の居場所だけがなくなった、と」

岐阜城下は騒然としているが、大乱が起きている様子はない。斎藤利治は、自分の命を賭しても、美濃の国内が荒れないように手を打っていたようだ。国衆たちは互いに自重し、美濃を切り取ろうとする不埒者はいない。

そして、町の要所に美々《びび》しい甲冑姿の武者たちが立っていた。

「筑前《ちくぜん》の配下か……」

羽柴秀吉から派遣された、数は少ないがおそらくは馬廻《うままわり》や黄母衣《きほろ》衆なのであろう屈強な体格をした精悍《せいかん》な顔つきの武者たちが城下のあちこちで目を光らせている。戦装束で弓の弦も張っている。

彼らのおかげもあるのか、岐阜城下は平穏を保っていた。その中の何人かに信忠は見覚えがあった。秀吉の馬廻の若武者の一人がこちらを見た。

鬼面をかぶっている信忠は目立つ。筋肉の塊《かたまり》のような月輪と、輝くように白い霧の取り合わせはいかにも旅芸人らしく、街の賑わいに紛れている。だが、信忠と目が合った若者はそのまま近づいてきた。

一柳直秀《ひとつやなぎなおひで》という男だ。

元々斎藤道三の家臣であり、斎藤家が没落した後は秀吉に仕え、その黄母衣衆になっていることは信忠も耳にしていた。斎藤利治とともに美濃と尾張の政に忙殺されている頃、長浜を任された秀吉からの挨拶の使者として、この一柳直秀が派遣されてきたことがある。

「そこな」

そう声をかけられて信忠たちは膝をついた。

「その面を取って見せよ」

威厳に満ちた声で命じる。

「世情穏やかならぬこの時に、鬼の面をつけて街を徘徊《はいかい》するなど面妖《めんよう》なことこの上ない。何か良からぬことを企《たくら》んでいるわけではあるまいな」

「もちろんでございます」

答えたのは霧であった。

「かつてこの者が戦で酷《ひど》い火傷《やけど》を負い、人さまに顔を見せるのを嫌っているからでございます。我らはただの旅芸人。よからぬことを企めるはずもございません」

それでも直秀は不審を隠さなかった。

「芸人というからには、何か人を楽しませる芸があるだろう」

直秀は小粒銀を信忠の前に放り投げた。

「やって見せよ」

霧が信忠を見て微《かす》かに頷いた。

信忠はすっと立ち上がって扇を広げると、腰をわずかにかがめ頤《あご》を前に出しその辺りをうろちょろと歩き回り始めた。そして、扇で右を指し左を指し、己の頭を叩き、手を打って喜び、地団駄を踏んで悔しがってみせた。

それは一見猿のように気忙《きぜわ》しく滑稽だが、人としての威厳もまた備わっていた。信忠の剽軽《ひょうきん》な一人舞に、見物人が次々に集まってきた。

猿にしては人に似ていて、人にしては猿めいている。その剽軽でありながら才気走った振る舞いに、人々は大いに笑いさざめく。

何より腹を抱えて笑っていたのは、長浜から派されてきた武者たちであった。

その動きに合わせて、月輪が絶妙な間で鼓《つづみ》を叩いてくれる。そしてお犬が信忠の動きに合わせ、より剽げた様子で信忠の動きを煽《あお》り立てるので、観衆たちは更に大笑いした。

一通りの舞を終えた後、多くの者が銭を投げてくれた。

一柳直秀はそれこそ腹を抱えて笑っていたが、信忠の周囲から見物人がいなくなると表情を険しいものに変えて近づいてきた。

「見事な芸だが、その舞は誰かを真似したものか」

「誰かを真似たものではございません」

霧が大真面目に答える。

「皆様方を楽しませたい一心でご披露したのが今の芸でございます」

しばらく信忠を見つめた後、直秀は頷いた。

信忠の面の奥の表情を確かめようとしたが、信忠はおそれいって顔を伏せた風を装い、恭順の意を示した。

「お前の芸は素晴らしかった。我らが見たいと思い、時におかしみを感じて笑いたくても笑えないお方の姿によく似ていた。だがその芸は今日限りをもって封印するがよい。この言葉がお前を守るであろうし、何よりの賞賛の証《あかし》と思ってくれ」

「承りました」

信忠は深々と頭を下げる。

だが、直秀はすぐには立ち去らなかった。信忠も頭《こうべ》を垂れたままでいる。

「その面の下、どうしても見せられぬか」

「ご勘弁を」

「我々らは戦人だ。傷や火傷を見苦しく思うことはない。先ほどのお前の舞を見て、かなりの手練《てだ》れだと感じた」

そう言いつつ、面に手をかけようとした。信忠はゆっくりと顔を上げ、直秀を見つめた。

直秀は思わずその手を離して後ずさった。

「お前は……」

問いかけた時、ぴしりと信忠の背中に鞭《むち》が打たれた。霧が駄馬を打つための竹の棒でしたたかに打ったのである。

信忠はピョンと飛び上がり、尻を押さえて辺りを見回した。

「お武家様が問いただしているというのに、何も答えぬ無礼者め。この者は鬼太郎と申しまして、全てを戦場で忘れてしまったといいます。舌も焼けてしまい、うまく話せぬことから、お答えできぬ無礼をお許しください」

直秀の様子を固唾《かたず》を呑んで見ていた人々も、その光景に再び笑い出した。

それ以上直秀は信忠の面の下を質《ただ》すことはなく、一度振り返ったきりでまた町の警備へと戻っていく。

岐阜の街を出て木立の中に入ると、四人は岩の上に腰を下ろし、安堵の溜息をついた。

「勘九郎さま、見知っている者がいるのであれば早く言ってください」

月輪が額の汗を拭いていった。

「面をかぶっているし、俺はもう死んだことになっているから。怪しまれることはないと思っていた」

「あからさまに疑っていたよ」

「死んだはずの者が生きているのは、羽柴筑前も記憶に新しいからではないか」

霧が冷ややかにいった。

小栗栖《おぐるす》の村で見たように、秀吉のもとにもたらされた光秀の首が影武者のものであった恐れがある。

「俺だけではなく、父もこの世にまだ留《とど》まっているとしたら、筑前はむしろ心強いのではないか」

信忠の言葉を聞いて、霧は笑った。

「そういう所。股肱の臣に命を奪われた父親とて同じですよ。これまで主君とその血筋に伝えられるはずであった大きな宝が、己《おの》が手中に転がり込もうとしているのですよ。そう簡単に手放すと思いますか」

「だが、筑前は織田家の臣だ」

「日向《ひゅうが》さまもそうではないですか」

それを言われると信忠も言葉に詰まった。

「もともと本能寺という小さな寺で主君がわずかな手勢を率いている。その誘惑に勝つことができなかった。今や君主は世を去り灰となっているのです。そして謀叛人の首も確かに討った。この事実を動かそうとする者に対して、羽柴筑前ほどの知恵者はどう振る舞うでしょうか」

「きついことを言う」

「信長との日々はきついことばかりではありませんでしたか」

君臣の間柄は絶対ではない。受けた恩は返すのが義だ。だが、仕えるに値しないと断じれば暇乞《いとまご》いをするのも一つの生き方だ。信忠はこれまで共に戦った中で、信長の死後も織田家への忠義を変えないであろう者たちのことを思い浮かべた。

「……彦右衛門に会おう」

共に武田攻めを戦った滝川一益の名を出した。

「諸将が清須《きよす》で集まるみたいだよ」

お犬が町の噂を集めてきたので、信忠は即座に清須へ向かうことを決断した。一益も必ず来るはずだ。

岐阜から清須へは通い慣れた道だ。都と岐阜を結ぶ道よりも、より幼き日々のことを思い出させる。信忠が知っている父は、物心が付いた頃にはもう戦陣にあって、諸将を叱咤していた。

磨き上げられた大広間の最上段で、それこそ覇王の気迫で各地から集まる大名や国衆たちを見下ろしている姿だった。信忠も他の者たちと同じように主君を見上げ、しくじれば同じように激しく叱責された。

「戦に出ている時の方がよほど気楽だ」

滝川一益とはそんなことを話して笑ったこともある。

その時信忠はかすかに腰を落とし、脇差を抜いた。月輪はすでに霧と犬を抱《かか》え岩陰に姿を隠している。その際、お犬が木立の奥を指した。信忠は足元の礫《つぶて》を拾うと、そこへ向けて腕を思い切り振った。

だが手ごたえはなく、続いて乾いた音がして信忠は地に伏せた。

遠くから敵を狙撃するには鉄砲ほど向いた武器はない。音がした時には既に鉛玉が体を貫いている。ただ、遠くなるほど当てるのも、致命傷を与えるのも難しくなる。

音がした方に目をやると、微かに硝煙が上がっている。だが射手はもはやそこにはいないだろう。ただ、標的に弾が当たったか検分する者が必ずいる。

「勘九郎」

霧が声をかけてくるのを信忠は手を挙げて制した。

「静かにしていろ」

周囲の気配を探る。信忠たちは例によって「山の道」を進んでいる。岐阜から清須までは街道を南下すればさほど遠くはない。だが、信忠は途中で思い直した。筑前の黄母衣衆に目をつけられているのはまずい、と考えていた。

道は西に流れる可児《かに》川沿いを通り、御嵩《みたけ》のあたりを通っている。

「この辺りには蔵王権現が飛来したという言い伝えが残っている」

お犬が不意にそんなことを言った。

「蔵王権現？　吉野の神だな」

「吉野だけではありませんよ。我らにはなじみ深いお方です」

ふと顔を上げると、東北の方角に御嶽山《おんたけさん》に連なる峰々が望める。頂のあたりにほんのわずかに雪が残っているのが見えた。

「役《えんの》行者《ぎょうじゃ》が大峰で出会った蔵王権現は、尊い仏たちの合わさったお姿と伝えられていますが、山の民たちはそうは思っていません。それは里の民が言いだしたことです」

「……その正体は鬼の王か神か」

「私が伝え聞くには、大和吉野の金峯山《きんぷせん》からこのあたりの名刹《めいさつ》、願興寺《がんこうじ》へ飛来したとも伝えられていますね」

お犬が話す鬼の伝説が鬼を呼んでいるような気がして、信忠はそれ以上言うな、と押しとどめた。だが、腰の小太刀が拍動を始めている。鬼の気配があたりに満ち始めていた。

第六章　元興寺

一

「お犬が呼んだ？」

月輪《げつりん》が恨めしそうに問うと、少女は微笑を浮かべて首を振った。

「わざわざ呼んだわけじゃないけど……。でも、出てくる者のことを知っておいた方がよいかと思って。霧《きり》さまもご存じでしょう」

「でも、あの者は長く封じられていたのでは」

「その封印があちこちで解かれている。だから私も、若狭《わかさ》を出てこのように旅ができるの」

霧は信忠《のぶただ》にさらに川筋へと近付くように促した。

「逃げるのか」

「逃《のが》してはくれませんよ」

鉄と鉄がぶつかり合うような音がする。

「だが戦っているゆとりはない」

駆けだそうとすると、目の前に槍衾《やりぶすま》が立った。伏兵か、と身構えたがそこに兵の姿はない。ただ輝くほどに研《と》ぎ上げられた無数の槍が立ちふさがっている。

進むほどに刀槍《とうそう》の壁が追いかけてくる。霧に命じられるまでもなく、信忠は河原へと追い詰められていった。

西に流れる可児川は思った以上の激流で、流れの中に巨岩も転がっている。その岩の一つには大きな穴が開いていた。

「招かれているようだ」

信忠は苦笑したが、月輪は青ざめていた。

「次月《しづき》の鬼ケ窟だ……」

「知っているのか?」

「この辺りの鬼といえばあいつしかいない。不破《ふわ》の関《せき》近くに生まれたから『関の太郎』って呼ばれている」

「強いのか」

「かなりね」

剛力、飛空、変化《へんげ》と一通りの以上の術を心得ているらしい。

「でも、関の太郎がこの辺りで暴れていたのは文治《ぶんじ》の頃だよ。お犬は親しいんじゃないの」

「一応ね」

文治年間といえば後白河法皇が朝廷の実権を握り、源頼朝が天下を掌握した頃だ。

「関の太郎ちゃんは暴れるのが好きなんだけど、私そういうの嫌いで。市《いち》に来て里の人の商いを邪魔したり作物を奪ったり。山で飢えてるのはいいけど、ただ迷惑かけてるだけだからね。だから退治されるんだよ」

ともかく、関の太郎の暴れっぷりを見て怒り悲しんだ人々は、地頭の纐纈盛康《こうけちもりやす》に訴え出たという。武勇の誉《ほま》れの高い、四人の侍たちに街を守らせ、悪戦苦闘の末にようやく封じることができたという。

「よく知ってるな」

穴の奥から声がした。

「勘九郎」

再び霧の声がしたので振り返ると、霧とお犬、月輪の首筋に巨大な刃が突きつけられていた。穴の中からの声は詐術《さじゅつ》であったようだ。小柄ながら腕だけが異様に長く、しかも六臂《ろっぴ》の異相である。

「貴様、鬼か」

「ここにいれば凄いお宝が手に入ると聞いていたけど」

幼い童《わらべ》の声だ。月輪と同じく、鬼の血を引くと肉体と容貌がかけ離れたものになる。

「本当にそのお面をかぶった人に会えるなんて」

鬼の血を引いていると異様な風貌と力に恵まれた肉体の上に、あどけない童の顔がつくらしい。

「そのお面、ぼくにくれないかな。これをなくして困っている人が知り合いにいるんだよ」

「探しているのは我が父か？」

「誰それ」

この童子は信長のことを知らないようだった。

「久しぶりに起こされたと思ったら王さまの面がなくなってるっていうから」

「王？　王とは誰だ」

「あんたが顔につけてるものだよ。それは『こちら』に返してもらわないと困る。あんたは魃鬼《オニ》じゃない。とはいえ、それは望んでつけているんじゃないんだろ」

信忠はそっと刀を鞘に収めた。

「どうしてそれがわかる？」

「本当の顔をしていないからな。王が真の姿を発揮したら、そんなしょぼくれた顔にはなっていないはずだ。あんた、嫌々面をつけている」

「できることなら外れてほしいと思っているが、そうはさせてくれないんだ」

童子は首を傾《かし》げた。

「そんなはずはなかろ？」

「確かめてみるか？」

鬼の童子は迷っているようだった。

「名はなんという」

「関の太郎と呼ばれていたよ」

その名を聞いて月輪がやっぱり、と声を上げた。

「願興寺に首塚があるんじゃないの」

「そうなんだよ。おめえよく知ってるな」

嬉しかったのか手をばたつかせ、月輪は慌てて首を竦《すく》めた。

「わりいわりい」

関の太郎は丁重な手つきで刃を喉元に当て直した。逃げればいいのに、とも思ったが月輪は二人の少女を守ることを優先したことに気付いた。

「おめえも俺の遠縁みたいなもんじゃないか。あの面を狙ってんのか」

月輪は首を振った。

「面の力を聞いたことはあるけど、俺の手に負えるもんじゃないと思って」

「なるほどな。人には格ってもんがあるからな。そしてこの男は王の面にふさわしい格を持っているわけじゃない」

「じゃあ太郎さんはさ」

その格があるかと月輪は問うた。

「あるかどうか、昔の仲間に訊いてみようと思ってさ。近々古いのも新しいのも集まるって聞いたよ。なあ、そこにいるのは八百姫《やおひめ》さんだろ？」

お犬は怯《おび》えたふりをして顔を隠していたが、

「よくわかりましたね」

とあっさり白状した。

「最後に会ったのは俺の首がちょんぎれる前だから、もう五百年ほどになるかな」

「そのちょんぎれた首がどうしてくっついているのです？」

「それがわからねえ」

関の太郎は首を傾げる。

「気付いたらこうなってた。その時に目の前にいた偉そうな侍が言ったのさ。その面を持参したやつを王と認めようってさ」

二

「あいにくこれはもう外れないのだ」

信忠が断ると、気の毒なほどに関の太郎は落胆した。

「起きたばかりであまり乱暴はしたくねえんだけど、そうなるとあんたの首ごと持っていくしかなくなる」

「それは困る」

信忠は何とか談判に持ち込んで、隙をうかがおうと考えた。

「困るだろう？　おいらも封印される時に蔵王権現さまに約束したんだよ。しばらくは人を殺さないって。あんた、鬼王の面かぶってるけど人だろ？」

楽し気に話しながらも、剣先が微動だにしない。

「この三人の命はお前にとって大切なものかね」

信忠はためらわずに頷《うなず》いた。

「ほら、これであんたは王の器ではないことがわかる。本当に千人万人を率いる将であれば、質を取られても脅しに屈しないだろ」

信忠は小太刀を鞘に収めたまま、ゆっくりと関の太郎の方に歩み寄っていった。六臂の手にはそれぞれ形も長さも違う得物《えもの》が握られている。刀だけではなく剣や槍を持っている腕もある。

それに対し、信忠は一本の脇差を正眼に構えた。

半身を切り、片手で中段の構えを取る。

「ただの人間のくせにおいらに戦いを挑もうとする奴が出てくる。人を食ったり牛や馬を頂いてるぐらいなんだから、多少のことは目をつぶっておけばいいじゃないか」

関の太郎は辟易《へきえき》したように言った。

「その小太刀……ああよかった。あれじゃないね」

「あれとはなんだ」

「まあいいって。ともかく、その面か首をくれれば万事収まるというわけだ。迷惑代としては悪くないだろ」

「里の民がお前にどんな迷惑をかけたというのだ」

「あれを見てみろ」

関の太郎は背後にある山を指差した。美しい棚田が山の中腹まで切り拓《ひら》かれ、ぽつりぽつりと藁葺《わらぶ》きの屋根が見えている。

農民たちが営々たる努力を重ねようやく拓いたものだろう。

「さぞかし百姓どもの働き者ぶりを称えたくなるだろう？　だが、おいらたちからすれば、山を削り取って壊している。お前たちが田畑で多くの作物を作るために、水の流れを変え、森と獣たちが作り上げた美しい山の調和を崩していく。なのにたまに外に出て里に下りて狩りをすれば、鬼だ魔物だと大騒ぎだ」

鬼の表情は険しいものへと変わりつつあった。

「久々に目を覚ましてみれば、里の者たちは好き放題やっている。古い仲間たちもみんな封じられて社《やしろ》の末に祀《まつ》られているだけだ。目覚めた以上は黙って見ていることはできん」

どうやら話し合いにはならない、と信忠は諦《あきら》めた。月輪ははじめ慌てていたが、霧とお犬が動じないのを見て冷静さを取り戻していた。人質が落ち着いているのは、戦う上で大きな力となる。

関の太郎は三本の刃で質の喉元を制しながら残りの三本で信忠とやりあっていた。長く眠っていたせいか、その動きは所々で硬さが出る。

だが、一度に三本の刃を相手にするには信忠も骨が折れた。しかも相手は鬼の一族で、その一撃一撃が異様に重い。

この鬼が戦いに慣れぬ間に……。

信忠は内心の焦りを抑え、斬り結んでいた。その時、奇妙なことに気付いた。鬼は時に気もそぞろとなり、力を抜いているように感じられたからだ。

「おい、本気で戦え。失礼だぞ」

信忠は探りを入れようと問いかけた。

「本気でやっとるわ」

戦いに集中せずとも、自分程度の相手なら易々《やすやす》と倒せると思っているのだろうか。斬り結んでは離れ、戦い続けていくうちに双方ともに疲れが出てきた。

関の太郎がかつて猛威を振るっていた頃、勇者四人がかりで何度も失敗したという。鬼は戦いの中で、大量の汗をかき始めている。

足元に置いてあるいくつもの水桶は半ば干されている。水が尽きれば太郎は戦う気力を失うのではないか。

だが、鬼がその岩の傍《そば》から動かないのにはもう一つ理由があった。その岩の足元に小さな泉が湧いており、そこから水を汲み出しては桶に満たしているのである。

信忠は一計を思いつき、何度か間合いに踏み込んでは桶を蹴り飛ばし、壊した。太郎もその意図に気づいたのか、今度は巧みに桶を守りつつ刃をひらめかせる。泉の畔《ほとり》には村人が使うのであろう、小さな木の盥《たらい》もあって、そこにも水が満たされている。太郎にはそれでは足りないようで、大きな木の桶から水を汲み、飲みながら戦っている。

信忠はようやく、最後の一つを叩き割ることに成功した。太郎はそれまで表情を変えず、どこか楽しげに戦っていたが、ついに顔色を変えた。

信忠と太郎の視線が共に泉の脇の盥に注がれた。

刃が激しくぶつかり合い、高低さまざまな音が響く中、信忠はここが勝負所と懸命に斬りつけた。だがその時、目の前に一筋の光芒《こうぼう》が閃《ひらめ》く。

霧が苦無《くない》を投げたことに気付いた時には、既に太郎は盥に水を満たして喉を潤していた。

「同胞の援護というのはありがたいもんだね」

関の太郎はくちびるを拭《ぬぐ》う。

「どちらに味方するのが正しいか、ちゃんと理解してる。それこそが鬼の生きる道だよ。鬼と鬼はそれができるが人と人はそれができないから、何百年も争いを続けているのだろう？　おいらが目覚める前と目覚めた後で何も変わってはいないじゃないか。山が切り拓かれ、かつて我らが共に築き上げた道が苔《こけ》むしていただけの話だ」

信忠は霧を見つめる。怒りはなかった。もともと、彼女にとって自分は敵だ。鬼の面の依《よ》り代《しろ》として仕方なく同行していただけで、力ある鬼の味方が見つかれば用なしになってもおかしくはない。

「何も変わりばえしないのならば、もはや鬼が里のために遠慮することはあるまい。面王の面をかぶる者よ、大人しく我らの軍門に降《くだ》り、穏やかな日々を過ごせばよい。面も小太刀もまるで力を出し切れていない」

そうなのか、と手元の脇差を見る。鬼を斬るほどの力がある、託された小太刀でなんとかここまで生き延びてきたが、これでもまだ本来の力ではないという。

「余計なおしゃべりをしてしまったかな」

関の太郎は空いている手で頭を掻いた。

「面倒くさくなってきた。首よこせ」

霧たちに突きつけられていた刃も、信忠へと向けられた。六本の、しかも全て間合いの違う武器を同時に相手にしなければならない。

しかも相手は人質に気を取られることなく、その強靭《きょうじん》な肉体を十二分に活かしてこちらへ向かってくるのだ。信忠は己の鬼の力を解放しようと、呪《しゅ》を唱え始めた。だがそれを、霧の鋭い声が止めた。

「何をしようと無駄だ。今のお前ではおいらに勝つことはできないよ。その首、良いように使ってやるから」

勝利を確信したのか、関の太郎は全ての得物を振り上げた。

「そうはいかんな。俺もこの世に残ってやるべきことがまだあるのだ」

「おいらの代わりに何百年か寝てから言え」

「間違えているぞ」

次の瞬間、関の太郎の首は胴体から離れ、泉の底へと沈んでいった。

四

「勘九郎！」

霧に促されるまま、太郎の六臂を斬り飛ばす。

「これでしばらくはおとなしくしているでしょう」

「殺せたわけではないのだな」

「我らはただ斬られたり刺されたりするだけでは死ねません」

「鬼退治は首を取って終わるものが多いようだが」

「そうしておかねばいつまでもお話が終わらないからです」

「では関の太郎も死んではいないということだな」

「あの程度では」

己の武技が馬鹿にされているようで腹立たしかったが、手応えがないのも事実だった。数百年後に目覚めた鬼の首の据わりが悪かったから勝てたようなもので、あれ以上のつわものが出てきたら勝てるかどうか自信がなかった。

「関の太郎も俺がこの小太刀を使い切れていない、と」

この正宗の小太刀は父から拝領したもので、対《つい》になる太刀を授かったわけではない。太刀と小太刀は必ずしも対ではない。だが、この小太刀には対になるものがあるはずだ、と霧は言う。

「それも正宗なのか」

正宗の太刀はあちこちにある。全国の武人たち垂涎《すいぜん》の名刀だが、名刀だけに所在は探りやすい。だが、霧は対になるのは正宗ではない、という。

「どの刀工が鍛えたかはあまり関わりがないのです」

「ではどこに……」

「夫婦に縁があるように、雌雄の鬼斬りはいずれ惹かれ合うはず」

「それは確かか」

霧はかわいらしく首を傾げた。

「適当なことを言ってくれる……。ともく、今は彦右衛門に会うのが先だ」

上州厩《うまや》橋《ばし》城から尾張の清須を目指している滝川一益《たきがわかずます》は、信長と同盟関係にあった徳川家康の領土を通って来るはずだと信忠は考えていた。

だが道中気になる噂を耳にしていた。本能寺の後、なんとか都を脱出して駿府《すんぷ》に戻った家康は、甲斐の収拾に懸命な一益を助けなかった。それどころか、混乱する甲斐の国衆たちを調略して自分に従属するよう仕向けたという。

「三河の殿様もなかなか厳しいことをなさいますね」

月輪が言ったが、それは戦乱の世に生きる大名としては至極もっともな行いともいえた。

織田家の当主と、その家督を継いだ嫡子が同日に命を奪われた。その支配と家中の団結に疑念を抱いたとしても不思議ではない。

そうなれば、自らの家中の安泰のためにできるだけのことをするだろう。もはや義理立てする信長と後継者の信忠もいない。

「大名さまも大変なんだね」

月輪は辟易したように言った。

「盟約を大切に守って義理を通すのも一つ。家中の未来のためにその義を破るのもまた道だ。徳川どのを責めることはできんよ」

信忠も父のそんな姿を見ていた。時に義を破って敗者となったものは、信長に対して表裏の猿と罵声を浴びせることすらあった。それでも信長は眉一つ動かすことはなかった。己の判断の上にどれほどの人々の命と暮らしが乗っているか、誰よりも理解していた。

「ともかく、彦右衛門と三河どのでは器が違ったということだ」

戦場での強さはともかく、諸将の心を己のそばに引きつけておくには、武や智とは別種の力が必要になってくる。

「この先誰が織田家をまとめるにしろ、三河どのとの関わりはよくよく思案していかねばならんだろう」

とは思うものの、家康が一益の命を狙うとまでは考えられなかった。一益は織田家の中でも名を知られた将だ。弱みに乗じてその命を奪うことは、東海一円に覇者として君臨しつつある家康にとっては無用のことであるはずだ。

力ある者が織田家を統率するにあたり、一益を殺してしまえば東海を攻める口実にされかねない。

助けもしないが邪魔もしない。そのような立場で家康は一益の領内通過を黙認すると考えていた。一益も勘のいい男だから、家康の武田旧領での調略を憎みつつも、やはり危険な山中ではなく東海道を通ってくるだろう。

尾張領内に入ってしまうと、一益の一行を秀吉の軍勢が出迎えて、会うのが難しくなると考えた信忠は、三河と尾張の国境に近い安城《あんじょう》へと向かった。

「信長が魔王となったことも告げるのですか」

「信じるかどうかはわからんがな。そもそも、俺が生きていることを信じてくれるかもわからない」

もし一益の一行が街道筋を通っていなければ、結局は清須での会合までに自分たち父子のことを告げることができなくなる。しかし、天下の行く末を握る将たちが何も知らず、古き民や鬼と呼ばれる者たちを糾合《きゅうごう》し、戦うことになれば多くの人が死ぬことになる。

まもなく日が暮れようという時、一発の銃声が山間《やまあい》に轟《とどろ》いた。

五

街道が山に近いところを通っているので、誰か狩りでもしているのかと信忠は思った。もはやこの辺りに戦はない。だが、銃声は連続して響いた。

信忠たちは銃声のした方角へと走った。すると、従者たちを従えた騎馬武者の一団が、柿染めの衣に面《おもて》を隠した忍びの者たちと戦っている。銃声は騎馬武者の数人が抱えている火縄銃だ。

隊列の中央で泰然と指揮をとる鋭い顔つきをした男の顔を見て、信忠は懐かしさに声を上げそうになった。

滝川彦右衛門一益は一行が刺客に襲われていても全く慌てた様子を見せない。そして、通常の三倍はありそうな大鉄砲を構えるなり、轟音と共に撃ち放った。すると、隊列を取り囲んでいた忍びの一人が四散した。

常人では目で捉《とら》えることも困難な敏捷《びんしょう》な忍びに、一益麾下《きか》の精鋭もなかなか鉄砲を当てることができない。だが一人一益だけは、馬上で構えるのも難しい巨大な銃身を楽々と操り、次々に忍びの体を吹き飛ばしていく。

対して、刺客の一団は奇妙な動きをしていた。

銃火を浴びせられても下がろうとせず、あえて姿を曝《さら》して一行の動きを止めようとしている。

「何か備えがある……」

信忠が用心深く見ていると、忍びの一団は不意に姿を消した。数人の近習《きんじゅ》がその後を追い、一益の周囲が一瞬手薄になったその時である。

一益の愛馬の四方が盛り上がり、白くぬらりとした光を放つ何かが馬体と一益に絡みついた。それが長さ数丈もある大蛇だと気付いた時には、既に一益の愛馬は血を吐いて息絶えていた。

その蛇の姿を見て信忠の鬼斬りの小太刀は、奮い立つように光を放ち始めている。あの蛇も鬼の一族ということは、その頭部が人のものであることから見てとれた。

「行くぞ」

信忠が小太刀を抜くと、その先を月輪が走る。だが、その怪力も霧の苦無も全く通じない。そして、信忠が叩きつけた刃も甲冑のように硬い鱗《うろこ》に跳ね返されてしまう。急所に見えた目を狙うが、瞼《まぶた》が鋼のように硬かった。

その間にも、長大な蛇身が一益の体を締め上げていく。

苦境の中にいても一益は表情を変えていなかった。この男の飛び抜けているところは、戦況がいかなるものであっても、表情どころか顔色ひとつ変えない。信長が使いようによっては必殺の兵器である鉄砲の多くを一益に任せたのは、その信頼の証《あかし》である。

信忠が一益に視線を向けると、一益もそれに気付いた。その時初めて、一益の表情が僅《わず》かに動いた。

「我に助けを求めよ」

その言葉に、一益は瞳を大きく見開いた。それは蛇身に体を締め付けられている苦痛のせいではない。

「彦右衛門、疾《と》く！」

「もしあなたが……」

苦しげな息の下で一益は続ける。

「俺の心が呼び出した幻であったとしても、殿と中将さまに受けた大恩に報いる機会を与えてくださるなら、俺はどのような鬼にも、魔物にもこの魂をくれてやろう」

その言葉の真偽を確かめる必要なかった。滝川一益の織田家への忠誠はこれまでの働きから疑うべくもない。

信忠は小太刀に力が漲《みなぎ》るのを感じた。

これこそ戦場で、時に五体を包む不思議な感覚だった。戦《いくさ》は勝とうが負けようが、辛《つら》く厳しい。織田家の版図《はんと》が広がれば広がるほど戦の規模は大きくなり、失われる命は増える。戦場に磨かれた武器はより鋭く残虐なものとなり、柔らかく脆《もろ》い人の体を簡単に砕き、切り裂いてしまう。

苦しい戦の中で勝利を確実にするためには、共に戦う者が心を合わせなければならなかった。信忠が真にその意味を知ったのは、滝川一益や河尻秀隆《かわじりひでたか》といった、後に共に武田を攻めることになる武将たちと長島の一向一揆と戦った時であった。

敵も味方も苦しく、織田家の連枝《れんし》衆が何人も討ち死にした。

怒号と喧騒と絶叫が響き渡る戦場で、味方の動きすら見失うことがある。そんな時に自軍を支えてくれるのは互いの軍勢をどう呼応させるか、だ。

父が目を見張るような働きができたのは、滝川一益をはじめとする戦場の絆《きずな》で結ばれた者たちの支えのおかげだ。鬼斬りの小太刀は、これまで見たことのない一丈を超えるほどの巨大な刃となっていた。

六

踏み込みと共に剣を横に薙《な》ぐと、じゃん、と銅鑼《どら》を叩くような音ともに大蛇の体が両断される。信忠が差し伸べた手を一瞬ためらって摑んだ一益を引き寄せると、大蛇の傷から血が噴き出した。

「逃げるぞ」

「お待ちください」

一益は共に逃れてきた者たちをできるだけ多く西へ連れて行きたいと願った。顔を上げると、森の中から時折銃声が聞こえてくる。忍びの者たちとまだ戦っている者たちがいる。

「森に引き込まれたのだ。鉄砲で戦うなら平原の方がよい。彦右衛門、皆を集める合図などはあるか」

「陣鐘がどこかに」

荷駄が一台横転しているのが見え、月輪がそこへ駆け寄ると、小さな陣鐘を担いできた。

「撞木《しゅもく》が折れてる」

「石でもぶつければいい。合図は前のままか」

一益が頷くのを見るや、信忠は、長、短、短、と二度繰り返して陣鐘を石で叩く。石で叩いているにしては澄んだ音が響き渡った。

「彦右衛門、構えろ」

長鉄砲を的に向けて構えるだけでも技と力がいる。

「肩を貸そうか」

「無用」

数人が木立から駆け出してきた。皆抜身を手に持っているが、そのうちの何人かの刀は既に折れている。その背後を追ってきた者の先頭に向けて、銃口が火を噴いた。

仲間の頭が吹き飛ぶのを見た忍びたちが森の中へ逃げ去っていく。

「追うか？」

「いえ、それよりも先を急がねばなりません。それと、あなたには訊かねばならぬことがある」

一益はしばらく、ほんの一カ月会っていない間に随分とやつれてしまった。森から出てきた馬廻たちの怪我の手当てをさせている間、一益は二人で話をしたいと街道の脇へと招いていた。

「その面の下、見せていただくわけにはいきませぬか」

「面が離れないのだ。それに焼けただれて彦右衛門の見知っている顔ではもはやない」

一益は天を仰いだ。

「二条城で討ち死にされたと……。他の者が何というかわかりませんが、あなたがかつて我らを率いて武田を滅ぼしたお方であると感じますな」

信忠は「あの日」からの経緯を話した。

「信濃にいらっしゃったのですか」

「俺も何が起きているのかわからず、まず都に戻ることだけを考えていたんだ。彦右衛門と肥前《ひぜん》は自力で何とかするだろうと思っていた」

「情けないことに、どうにもなりませんでしたな」

一益はわずかにくちびるを歪《ゆが》めた。

「馴染《なじ》みのない国をまとめるには時を要する。彦右衛門がよく知っている伊勢ですら、殿の力も借りて何年もかかったのだ」

「変事を知って早々に伊那を退いた毛利河内は賢明だったかもしれません」

一益たちと共に信濃に送られ、伊那谷を任された毛利長秀《もうりながひで》は変の一報が入るやすぐさま美濃へと脱出した。

「誰かが始末をつけねばならん。俺が二条城を退いて無事であったなら、また流れも変わっていただろう。ただ……小栗栖《おぐるす》で命を落としたのは光秀《みつひで》ではなく、影武者であるかもしれんのだ」

「本能寺跡に首が晒されたと聞きますが」

「この首は光秀に非《あら》ず、と声を上げた者がその場で斬られたという」

「しかし、日向守《ひゅうがのかみ》（光秀）が生きていたとしても最早《もはや》何もできますまい」

「明智《あけち》光秀としてはできないかもしれないが、誰よりも織田家の内情を知る者として、そして天下有数の将として使いたい者は多くいるだろう」

一益はじっと信忠の面を見ていた。

「我らはこれより清須に入ります。織田家の、天下の今後をいかがするか話し合われる。勘九郎さまが無事ということになれば、お家も天下も安泰……」

「とはならぬだろうな」

信忠は両断された大蛇の方に目をやった。流れる血潮の中をゆっくりと動いていた二つの蛇身は互いを探るように身をもたげ、やがて一つに戻った。

「あの妖《あやかし》は何なのです」

「魃鬼というものらしい」

「わしが聞いたことのある鬼とは様子が異なりますな」

「本能寺で灰となった父上の魂は、天下に眠るあのような者たちを集めて天下を奪うのだそうだ」

一益は俯《うつむ》いて首を振った。

「殿らしくない。殿の政《まつりごと》も戦も、全ては従う士と民たちの安寧と静謐《せいひつ》のためだった。本能寺で光秀ごときにお命を奪われたとはいえ、妖どもの力を借りて世を滅ぼそうとするはずがない」

「そこなのだ」

大蛇の魃鬼は再び襲い掛かってくるかと思いきや、一度信忠を見たのみで山の中へと消えていった。

「あちこちで魅鬼の害が増えているはずだ」

「では清須で皆に話さなければなりません。筑前《ちくぜん》が清須での談判を仕切ることになるでしょう。彼の知行でも魅鬼が出ているなら、我らの言葉に耳を傾けてくれるはずだ」

先を急ぎましょう、と立ち上がった一益はわき腹のあたりを押さえた。

「先ほどの大蛇に肋《あばら》をやられたのだ」

信忠が休むように勧める。

「この先、何者かが襲ってくるかもしれん。備えを万全にし……」

「攻める時は一気に、というわけですな」

一益は初めて微《かす》かな笑みを浮かべた。

七

「そういえば、この者たちは？」

一益は霧たちに目を向けた。

「特にそこの娘、竜さまによく似ている」

「娘ですから」

霧が名乗ると、一益は膝をついて挨拶をした。

「武運拙《つたな》きことながら、ご家中はよく戦われました」

「家は滅びましたが、それでもすべきことがあります。これある鞍馬《くらま》の古き民の一人である月輪と、八百年の時を生きてきた八百姫さまも志を同じくしています」

「お犬と呼んでください」

八百姫が付け足した。

「山の民など、いることは知っていたし禁制を回したりもしていたが、まさか共に働くことになろうとはな」

「気味が悪いですか？」

「知らぬからな」

一益は干飯《ほしいい》を一摑み口に抛《ほう》りこんだ。そして月輪が腰に吊るした干し肉を珍しそうにみやった。どうぞ、というのを受け取って口に含む。

「……うまいな。雉《きじ》か」

「鴫《しぎ》だよ」

月輪は一益を見てにやりと笑った。一益は干飯を差し出すと、月輪の大きな手にのせてやる。米はあまり食わないんだ、と言いながらも音を立ててかみ砕いた。その間にも、一益は変後の甲斐と信濃の様子を話す。聞いているうちに信忠は気が重くなった。

「思った以上にひどかったのだな」

「柴田修理《しゅり》どのですら身動きがとれなかったのに、筑前は大したものだ。まるで前もって備えていたようだな」

と一益は言って、ふと表情を改めた。

「……まさか、前もって知っていたのでは」

「彦右衛門、思った以上の働きをした際にその不正を疑うのはその力量を見誤ることがある。戦場でそう教えてくれたのはお前ではないか」

そうですな、と一益は頷いた。

「やはりあなたは勘九郎さまだ」

「信用してはおるまい。俺が彦右衛門なら、胡乱《うろん》なやつとその長鉄砲で追い払っているところだ」

そうしない理由もわかっていた。一益ほどの将がこれまでの関わりがあったとしても、鬼の面をかぶって織田信忠を名乗る男を易々《やすやす》と受け入れるわけがない。だが、関東で利を失い、主君の弔い合戦にも間に合わなかった将が清須で秀吉と対等に話すためには「生きている信忠」ほど強い武器はないのだ。

重く湿った風が南から吹いている。

三河と尾張の国境を越えた一行は、大高《おおだか》、下社《しもやしろ》と過ぎて那古野《なごや》城下へと至った。かつて織田信長が治め、尾張の中心であったこの城だが、信長がこの城を捨てて清須に移った後、城下町は捨てられて見る影もなくなっていた。

「寂しいものですな」

廃屋の一つをこの日の宿とすることにし、馬廻の一人を清須へと送った。城で話し合われる内容と、関東への軍勢を率いていた一益の扱いを確かめておかねばならない。

「確かこのあたりに屋敷があったのです」

一益は懐かしげに言う。

「将として引き立てられ、それにふさわしい場所に住めと」

その一益は活躍の舞台を伊勢へと移した。一向一揆の勢力も強く、多くの国衆が割拠する伊勢の平定に対する功績として、一益には北伊勢の多くが与えられた。関東を失ったとはいえ、織田家屈指の実力者であることに変わりない。

「俺のことも筑前に伝えたのか」

「ええ。隠しおけることではないと。ただ筑前には己一人の胸にしまっておくよう言ってあります」

「五郎左（長秀）には？」

「弱気になっているでしょうからな。少し前から体も良くないと聞いておりますから、まずは筑前がどう言ってくるか待ちましょう」

一益は思った以上に秀吉に信を置いているように見えた。

「光秀を討ったのであれば、秀吉は織田家の柱石となるでしょうし、そうならねば世間は納得しないでしょう。だが、それが偽りであれば声望は地に落ちる。もし光秀が生き延びたことが明らかになれば……」

「明らかにはせぬだろう」

信忠はそう考えていた。

「筑前のように抜け目のない男が、日向守の首を見た瞬間に策をめぐらせていないわけがない。もし彦右衛門が光秀が生きているなどと口にすれば、すぐさまその口を塞《ふさ》ぎにくるだろうよ」

一益はじっと信忠を見つめ、

「勘九郎さまは筑前に厳しいのですな」

「味方だとあれほど頼りになる男はいないが、もし敵に回ると……」

「恐ろしいことを仰《おっしゃ》いますな」

そう言いつつ、一益の眼光も鋭いものへと変わっていた。

「ですが、あり得ぬ話ではない」

「だから岐阜中将は生きている、と書き送ったのだろう?」

「左様です」

信忠が生きていると知らされた秀吉の対応で、その本心もわかると一益は言う。

「早速、筑前の本心らしきものが見えてきたようです」

那古野の城下はもはや無人で、日が暮れれば獣の気配すら消える。そのような場所に集まるのは影働きか、人ならぬものと相場は決まっていた。

「霧、お犬、隠れていろ」

「まさか」

霧はそっと信忠の隣に立った。

八

「随分と気配が変わられるのですな」

一益が言うと、

「日が暮れて後に真が現れるのです」

お犬が北を指す。

「刃と毒と煙硝の匂いがする」

木全忠澄《きまたただずみ》をはじめとする滝川の精鋭が信忠たちを守るように前に出る。だが信忠は、人ならぬ気配を感じたら下がれと命じた。

「化け物であっても怖《お》じることはございません」

「怖じる怖じないの話ではない。鬼を斬るにはそれなりの作法がいる」

一益は長鉄砲に弾を込めながら、

「一つ気になることがあります。勘九郎さまは山の民、特に鬼と里の民の関わりは隔絶し、共に働くことは絶えてなくなったと仰っていましたが、先ほど我らに襲い掛かった影働きの者ども、蛇身の怪物……あれも魃鬼の一派とすれば魃鬼の命に従っていたように見えました」

「ここを囲んでいる連中もそうかもしれん」

「そして我らも」

一益は月輪とお犬の方を見やった。

「伊勢にいる頃、山の民について行者《ぎょうじゃ》どもに聞いたことがあります」

神宮からさらに南へ下れば熊野へ通じ、半島のほとんどを覆う大山塊に接しているのが伊勢という国だ。そこに暮らす者は山と離れて暮らすことはできず、古き山に対する恐れは他国の比ではない。

「ですが、俺には山の民と杣人《そまびと》との違いすらわからなかった。政に障《さわ》りがなく、乱を企《たくら》むのでなければ、考えるのは後回しです。伊勢から紀伊、大和にかけての山はあまりも深く、そこに潜む者たちを考えている暇はなかった」

「それは仕方あるまい」

「ですが、もっと考えておけばよかった」

「考えればいいのです」

お犬が言った。

「奴らの臭いは？」

「人が二十、魁鬼が二」

「多いな」

一益が舌打ちした。

「弾はあるか」

「持てるだけ持ってきましたが、まさか那古野で使うことになろうとは」

「どこであろうと敵がいる地が戦場だ」

信忠は脇差を確かめ、下げ緒を結び直した。

「相手が織田家中であったら、いかがなさいますか？」

「明智光秀も織田家中だった。刃や鏃《やじり》を向けてくるなら、たとえそれが主筋《しゅうすじ》の者であっても戦わねばならん。彦右衛門」

一益は頷く。それでもう言葉はいらなかった。

「ここを突破して清須に向かう。もし清須への道が封じられていたら……」

信忠はしばし考え、

「熱田《あつた》神宮へ退け」

そう命じた。月輪が手近なところに子供の頭ほどはある岩を積み上げている。

「城壁でも築くつもりか」

「まさか」

月輪が暗闇の向こうへ一つ投げた。低い悲鳴が一つして何者かが倒れる。

「人数分用意してありますが、百発百中とはいかないかも」

「頼りになるな。俺は打って出る。遠くから狙う時はお犬の鼻を頼れ。霧、もし俺の守りが破られたら彦右衛門たちを守って熱田に退け」

「奇妙《きみょうまる》丸はどうするんだ」

その時、屋敷の壁が崩れた。

「……大筒だ」

一益は舌打ちした。

「どうやら大した大名さまが後ろについているみたいですな」

信忠は大筒の放たれた方向へと走り、次の弾を装填《そうてん》しようとしていた足軽たちを一掃した。組頭に旗印も持たせていない。これは戦に赴く武人に対する礼に欠けている。旗印があるから、どれほどの功績を挙げたのか他の味方に明らかにできるのだ。

何者かが直属の兵を出しているのだ、と信忠は気付いた。旗印で確かめるまでもなく、この戦に出ることが手柄だと言い含めているのだろう。

大筒を止めたあと、周囲から忍びの気配が消えた。だが、霧たちのもとへ戻ろうとしたところで、目の前に激しい光が閃いた。

「魃鬼が出たか」

信忠は戦気を奮い立たせる。戦での絆が鬼斬りの小太刀に力を与え、刀身におさまりきらない刃は巨大な青い炎となって揺らめいた。

九

「魃鬼？」

それは月輪と似た、童子のあどけない声だった。

「ぼくは違うよ」

これがお犬が察知した一つ目の気配か、と信忠は小太刀を構え直した。

「その小太刀、すごいじゃないか。鬼を斬るためだけに存在してる。でも、対になる太刀が見当たらないのはどうしたわけだ」

どこかの公達《きんだち》のように横柄で、しかし品のある話し方をする。

「それ、ぼくにくれないかな。きっと君よりもうまく使える」

「魃鬼斬りの小太刀を魃鬼が使うのか」

光の閃きの中から霧よりも小柄な少女が現れた。雷紋を散らした小袖が闇の中で輝いている。魃鬼の証である角が額から二本、顔をのぞかせていた。

「見るからに魃鬼だな」

「あまり言うと怒るよ?」

少女が袖を一閃させると雷光の矢が飛んでくる。身を伏せて避《よ》けると、鉄を鋳造してできた大筒が赤く溶けた。

「誰に命じられて我らを襲いに来た。もしや魔王を名乗る織田信長に命じられてか」

「織田信長とな」

少女は口の中から長い楊枝を出してしがむと、目を細めた。

「その名は聞いたことがあるよ。なにせわしの故郷も元々はこの尾張国だ。若狭の神官崩れの織田家の若造が、ここまで大きな帝国を築き上げるとはな。わしはいささか感心した」

そしていつしか信忠の目の前に立つと、小太刀の刃に無造作に触れる。

「しかも鬼斬りの小太刀まで手に入れているとは。不充分とはいえ、その力の半ばは引き出している。鬼王の面をつけているが、その下はただの人間なのだろう? よく

「だから違うって」

使いこなしているよ。しかも諏訪の姫、鞍馬の若者、八百姫とよきところを味方につけている」

「お前もこの面と小太刀を奪いに来たのか？」

少女は袖を振った。

「岐阜中将よ、お前はわしの名を知っているか」

「雷の力を得た鬼のように見えるが……」

「鬼ではないというに。鬼斬りの小太刀に触れてもどうもなかっただろう？」

少女は立腹したような表情を浮かべた。

「わしの名前は元興寺《がんごうじ》という。ガゴジ、ガゴジと皆は呼ぶがな。中将は参ったことがあるか？　良い寺だぞ」

「名は聞いたことはあるが、参詣《さんけい》したことはない」

「大和には寺院が多すぎるのだ。とにかく、元興寺という寺には鬼が出た。あんな街の中だが、大和は国府の裏がすぐ深い山になっている。その山々は東は伊賀まで続き、南は大峰、果無《はてなし》の大山塊になる。そこから鬼が降りてきても不思議ではあるまい」

鬼は大いに暴れ、南都の僧たちが法力のすべてを集めてようやく元興寺の境内に閉じ込めた。

「その封印を守るために生み出されたのが私だ」

「……式神《しきがみ》の類《たぐい》か」

「腹立たしいが、そういうことだ。鬼の封印を守るために生み出され、その封印が破れると同時に目覚める。そうして鬼を狩る」

だとしたら、自分と同じだ。雷の力を身に蔵した式神の少女に、共に戦ってくれるよう頼んだ。

「何のために生きるか、いつ目覚めるかまで他人に決められているのに、誰かと行を共にするのはいやだね。鬼は封じてやるから、私も好きにやっていく。そのために奇妙丸の小太刀をもらいたい」

「それはできない」

「奇妙よ、お前は別に好きで鬼を斬るわけではないだろう？　だがわしは違うのだ。猫が鼠を追うように、鬼を殺さずにはいられない」

ガゴジはわらべ歌のような旋律を口ずさみながら近づいてくる。

「その面は気に入らないから壊すけど、小太刀はわしが貰ってあげる。本当は太刀も欲しいけれど。あれを手にするのは面倒そう」

ちらりと熱田の社に目を向けた。

ガゴジは雷を槍のように出すと、信忠へ向かって投げつける。雷光の速さで地面に突き立った雷槍は土煙を吹き飛ばし、爆発した。

信忠はその間を縫って小太刀で切りつける。手応えはあったが、ガゴジは涼しい顔で立っている。

「鬼じゃないから効かないって」

雷光の槍が信忠の体を貫いた。凄まじい熱さと痛みが二条城でのことを思い出させた。

ほんの半月ほど前のことなのに、すっかり忘れていた。

この痛みの中思っていたことは、天下の政なのか、従ってくれていた家臣たちのことなのか。そうではない。愛する人にもう一度会いたかったのだ。だがその願いはもう叶わない。

雷光の放つ炎が全身を焼き、面と焼けただれた顔の皮膚の間にも入ってきた。

熱さはやがて消え、炎の中にいるのに最後は冷たさに似た感覚を覚える。全ての感覚が消えていく中で、唯一つだけ残っている思いに懸命に手を伸ばした。

妻はこちらに背中を向けて立っている。

振り向いてほしい気持ちと拒まれる恐怖が共にあって、信忠は立ち竦《すく》んだ。しかし、この一歩を踏み出さないともう会えない。

戦も政も全て超えた先に、愛する姿があった。妻は振り返ってにこりと笑った。その姿が掻き消えると、そこに巨大な拳がある。

風と炎を伴い、こちらへ猛然と叩きつけてくる拳を横に跳んで避けると、その拳はガゴジの小さな体を打ち抜いていた。

雷鳴と共にその拳を受け止めたガゴジは、光と煙の中から残酷な笑みを浮かべる。

「お前たちを殺すとせっかく目覚めた鬼が減ってしまう。わしが狩りをするのはもう少し先のことにしよう。また会えたらいいな。この後に出てくる者たちの前からうまく逃れることができれば、の話だが」

そう言って笑い声を残して消えた。

第七章 大暗黒天

一

振り向くと霧《きり》が立っている。

「鬼の拳、出さねばならぬ相手だったのか」

霧は静かに頷《うなず》いた。

「鬼殺しの雷神だと名乗っていた」

霧は静かに首を振った。

「あの者も私たちと源は同じ」

「まさかあのように助けてくれるとは」

この娘にとって自分は敵でもあることを思い出した。

「奇妙丸《きみょうまる》にはまだまだ役に立ってもらわなければならない。滝川彦右衛門が元興寺《がんごうじ》とやりあっている間に姿を消した。馬廻の者たちもだ」

霧が闇を指す。導かれるままに道を進むと、冷気が伝わってきた。神域ならではのものだ。

「熱田《あつた》神宮か……。彦右衛門には月輪《げつりん》もついている。滝川の馬廻も精鋭が揃っている。並の影働きでは相手にならないはず」

確かに、並の忍びならそうだろう。

「奇妙丸、鬼の気配はいくつあった」

「俺が相手をした鬼は一人だった」

霧は表情をこわばらせた。

「熱田までの追っ手は影働きのものばかりで、鬼の力を使う者はなかった。お犬の鼻も何も嗅ぎ取れなかったから、熱田神宮の雷光を見てこちらに来たんだけど……」

那古屋《なごや》城から熱田神宮への道は、かつて父が今川義元《いまがわよしもと》という強大な敵を迎え撃つ際に、わずかな供回りだけを連れて走った道だ。

今その道を、鬼王の面をつけた自分が、諏訪《すわ》の鬼の力を受け継ぐ少女と共に走っている。

夜半の熱田神宮を訪れる人はいない。神域は絶対の闇と静けさの中に沈み、虫の声すら絶えてない。

人の気配も聖なる気配すらもない。ただ、絶対の静寂が境内に満ちていた。玉砂利を敷き詰めた拝殿の前に、大きな背中が見えた。月輪、と声をかけると、これまで旅を共にしてきた古き民の若者はゆっくりと振り向いた。

「勘九郎さま、今度は何とか守った」

そう言うと、口から大量の血を吐いて前のめりに倒れた。

月輪を助け起こし、その大きな体の下にお犬が守られているのを見た。体を丸く縮めて瞳をとじているが、息はある。月輪の傷の手当てをしようとしたが、信忠の腕を摑み、

「すぐにここから出ろ。手に負える相手じゃない」

信忠は退く気はなかった。

「彦右衛門はどこかわかるか」

「境内のどこかにいます。でも、銃声が何度か聞こえた後は気配がしなくなりました」

滝川一益《たきがわかずます》ほどの男がそうやすやすと討ち取られると思わないが、相手が鬼だとした

ら話は別だ。

信忠は鬼斬りの小太刀から力が流れ出しているのを感じた。刀の気配からは一益の命があることは感じ取れる。だがその心がこちらに向いていない。

拝殿の篝火《かがりび》が急に灯《とも》った。

轟々《ごうごう》と炎が巻き起こる。それは夜の神殿を照らすような、神聖で静かなものではなかった。荒れ狂い、拝殿の庇《ひさし》を舐《な》めているが、建物を焼くような類《たぐい》のものではなかった。

篝火の燃え盛る音が不意に小さくなると、鼓《つづみ》が一つ乾いた音を立てた。

火の勢いがふと小さくなり、幽玄の気へと変わっていく。かんかん、と更に鼓が鳴らされると、それを合図にしたように一人の男が扇子一本のみを持って舞台の中央へと進み出てきた

思えばこの世は常の住処《すみか》にあらず……

幸若舞《こうわかまい》の敦盛《あつもり》は、桶狭間《おけはざま》の前に信長が舞ったものだ。

その故もあって、織田家にとってはめでたいものとされている。信忠も幸若舞は一

通りは舞うことができるが、より能狂言を好んでいた。

何より父が織田家の命運をかけて臨む一戦を前にして舞ったものの凄みには、到底敵《かな》わないだろう。

信長が敦盛の冒頭から舞うのを見るのは、信忠にとっても初めてのことだった。信濃で目の前に現れた時のような魔神の気配ではなく、平家の公達《きんだち》を追い詰め、その可憐さに自分の息子を重ね、葛藤し、それでも武人の務めを果たす。

その後、熊谷直実《くまがいなおざね》は人の世の無常を感じ、そして人生五十年のくだりへと続いていく。

だが、信長はその前に舞を止めた。

「もはやわしは無常を超え、解脱《げだつ》の域に達した。魔神無限の力、これがあれば天下の全てを手に入れることができる」

「天下を取ってなんとする」

信忠の問いに信長が笑みを浮かべた。

「人が多いほど鬼は強くなる。人の魂を食らわば我らの力はいや増すのだ。そうなればもはや天下に戦《いくさ》はなく、絶対の平安がもたらされる」

信忠はその答えを聞いてなかば安心した。

この目の前に立っている父の姿をしている男は、ただ父に化けているだけだ。

「これより清須で、猿どもがわしの後を決める会合を行う。そして我らはここで、どちらが鬼の天下を統《す》べるにふさわしいかを決めようではないか」

信忠には確かめておきたいことがあった。

「父上、それはかつて鬼と呼ばれた者たちが望んだことなのですが。世に跋扈《ばっこ》し、人と争った末に封じられた鬼たちを起こし、戦乱に苦しむ人々の間で暴れさせその荒れ狂う力を使おうとする」

「当然だ。封じられた鬼も、山に隠れ住むことを強いられた山の民の魂に積み重ねられたその恨みも、知らぬ訳ではあるまい」

もはや父の姿を騙《かた》ってこのような世迷い言を口にされることが、信忠には耐えられなかった。

「従う者たちの、その安寧と静謐《せいひつ》を誰よりも願った父親のお言葉とは到底思えません。もし父上に鬼の王たる資格があるのであれば、鬼たちを山の奥で静かに眠らせ、山の民と星の民が争わぬように努めるべきです」

「わしの顔色ばかり見ていた奇妙が、ここまで一人前の口を叩くようになるとはな。いや、中国攻めの時も一度わしに刃向かったし、武田攻めの時もわしの制止を聞かず我攻めをした」

信長の表情には父の厳しき慈愛が浮かんでいた。

「最後は勝ちを拾ったから良かったものの」

「父上の求めるところのさらに上を行かねばお叱りを受ける、と」

「褒められるためにやっていたのか？」

「そういう時期もありましたが、武田攻めのあたりは戦のことしか考えておりませんでした」

「それでこそ我が息子よ。ならば、今わしが求めていることもわかっているはず」

「無論」

信忠は小太刀を抜いた。

すでに一益との繋《つな》がりは途絶えている。鼓を構えじっと座っている。

自らと絆の強い者の心を食って、鬼は力を得る。一益は信忠を支えたが、元々信長の家臣だ。一益の背後の闇にはその馬廻衆が端座している。

だが首は前に落ち、意識を失っているようだった。

「あの者たちの魂も食らったのですが」

「加えて言うなら、影働きの連中の魂もすでにわしの一部になっている」

持っていた扇が三叉《みつまた》の槍に変わっていた。

「南蛮の海神がこのような槍を使うらしい」

目の前に突きつけられた槍先を小太刀で弾《はじ》き返した。

だが一度合わせただけで、信忠の全身が痺れるような重さであった。信忠は父が選んだ武芸の達人によって、刀はもとより槍鉄砲、組打ちなど徹底的に鍛えられた。家中にはつわものが多くいたが、信忠も決して弱い方ではない。戦場でも大将として軍勢を率いるほか、乱戦の中で何人もの首を取ってきた。

信忠が知る信長は、自ら乱軍の中で戦うということはもはやなかった。

彼は数万の大軍によって守られるべき存在であったし、前線に立たせることは馬廻や配下の諸将の失態を意味していた。

だが若い頃から自らを鍛えに鍛え、信長の武芸は決して弱くないと佐久間《さくま》信盛《のぶもり》や林秀貞《ひでさだ》からよく聞かされていた。

信長の槍は、父と初めて戦えるという、喜びを超えた激しさがあった。

鬼斬りの小太刀一本では、そして己一人の思いだけでは父の槍を受け切ることはできない。信忠の前に二人の少女が現れた。

「私の力を」

不死身の肉体を持つ美しき古き民、八百姫《やおひめ》の思いを借りることができれば……。

「勘九郎さま！」

お犬の声とともに、小太刀に力がみなぎってくる。

二尺の刀身は信長の三叉の槍に引けを取らぬ巨大なものとなり、青い輝きを放ち始める。

「八百姫を味方につけるとはなかなかやるな」

だが、八百姫の思いを受けた刃も、信長の三叉槍を受け止めきれない。

「何故かはお前が一番わかっているのだろう？　古き姫君よ」

信長の言葉に八百姫はくちびるを噛んだ。

「八百年の時はお前から牙を奪った。人々の間をさまよい、救いを与えると言いながら何もしなかった。山の民と里の民が隔てられ、鬼と呼ばれた者たちが封じられていくのを、それが時の流れと諦《あきら》めていたのだ。わしと、奇妙丸が現れるまでの間、ずっと諦めたままでいた」

信忠の小太刀が力を失っていく。

「諦めではわしには勝てぬ」

「今は諦めてはいません」

「希望の持ち方も忘れたお前が鬼斬りの力など」

三叉槍から青い光が走り、お犬は弾き飛ばされるようにして壁に叩きつけられた。

「お犬！」

「……勘九郎さま、ここにこそあなたの求める力がある。望みを捨ててはなりません」

そう言うと、助けを拒んで倒れ伏した。

二

「天下を任せたのはまだ早かったか」

だが、信忠も何度も打ち返す。

「霧よ」

信長が優しく語り掛けた。

「お前はわしの孫だ」

「血は繋《つな》がっていないけどね」

霧が言い返す。先ほど「鬼の拳」を使ったからか顔色は悪く、立っているのもやっとの有様だ。だが。それでも霧の思いが鬼斬りの小太刀に注《そそ》がれ始めているのがわかる。

「わしが憎いか」

霧は答えなかった。

「鬼の力を得てしまったばかりに、そのために働かねばならぬと思い詰めているのではないか？　その重荷、もう背負わずともよい。わしに任せよ」

「耳を貸すな」

信忠は鋭い声を発した。小太刀へ注ぎ込まれる力が弱まっている。

「迷いが生じているな」

信長は優しい笑みを浮かべた。

「それで良いのだ。わしはお前の母が嫁いだ先を滅ぼした。だがそれは信濃や甲斐に安寧をもたらすためでもある。武田四郎の治世は穏やかならず、いずれ四方から攻められるは明白。木曽もその苛斂誅求《かれんちゅうきゅう》を嫌って我らに味方し、穴山梅雪《あなやまばいせつ》も戦わずして降《くだ》った」

もし、と信長は続ける。

「四郎がそのまま降っていたら、このように我らが三代で争うことはなかった。今からでも遅くはない。奇妙は山の民と鬼たちを統《す》べるにはいささか器量が足らぬ。だがわしは違う」

厳しさと優しさの押し引きが、父の真骨頂だった。これで味方は身を捨てて戦うことを誓い、敵は戦意を挫《くじ》かれる。その押し引きが通じぬ時は、根絶やしにするのだ。

「奇妙よ、お前もだ。折角拾ったその命を粗末にするな。わしの槍はお前の小太刀と違って魃鬼《オニ》を斬ることはできぬが、お前たちをこの熱田に千年封じることはできる」

「やめよ」

霧が厳しく命じた。

「魃鬼を集め、我欲を満たそうとするお前に山を統べさせるわけにはいかない」

「我一人の欲ではない。天下の高みを知れば、我欲こそが天下の目指すところになる」

「詭弁《きべん》を弄すな！」

「己の解せぬ高みを詭弁とするは愚者の言なり」

信長は「孫娘」とのやりとりを楽しんでいるように見えた。だが、霧の心は再び定まりつつあった。

熱田の地……。

凄まじい父の槍先をすんでのところでかわしながら、信忠は小太刀で戦い続けるのは限りがあると考え始めていた。霧は力を与えてくれているが、疲れがひどい。

「ここまでか」

信長は膝をついた信忠に穂先を向けた。

「……力がつく前に蜂起させてそこを叩く」

「何？」

「兵法の一つにあり、信濃でも使いました。父上の戦いぶりで何度も目にしましたし、そこに相手を引き込むことに戦いの腕が出ると教えられました」

「その通りだ。天下の山の民を糾合し、里の民が新たな天下人の前に一つとなる前に、日本《ひのもと》全てをその手に収める。そのためにはお前が必要だ」

信忠は小太刀を鞘に収めた。

「腑《ふ》に落ちたか」

「ええ、腑に落ちました。父上も何者かの謀《はかりごと》の中にいる」

信長は槍の穂先をわずかに下げた。戦う意志を収めたわけではなく、とどめを刺すためだ。信忠の中から父への恐れが消えていた。

「憐《あわ》れな」

「それは己への言葉か」

「いえ、父上への惜別の言です」

「わしへの?」

鬼の面に己の思いを込める。その力を借りるために己がなくなることを恐れて、霧や人々の願いを借りてきた。将は結局、兵がいなければ、民がいなければ成り立たない。天下を与奪するには人の力抜きには無理だ。

だが、鬼は違う。それは闇に暮らし、人を食らうから鬼なのではない。厳しく美しい山河に暮らし、鳥や獣と共にその大いなる円環を乱すことなく、ただ一人そこにいる。

人は鬼となりえず、鬼は人とは異なる。意を通じることも言葉を交わすこともできるが、共に暮らすには異質すぎる。どちらかがどちらかを支配するのも、誤りだ。

「奇妙丸、それ以上はいけない。鬼になりきるつもりか」

「何故止める?」

「それは……その面の主は人の心で御《ぎょ》せるものではない。お前は人だ。鬼ではない」

「だからこそ、鬼になるのだ」

面がじわりと熱を持つ。肌に刺しこむような痛みはもはやない。

「ならぬ！」

霧が叱りつけるように言った。その姿に異変が生じていた。先ほど雷鬼を退けた「鬼の拳」が再びその小さな体を覆いつくすように現れている。

「一度鬼の力に魂を委《ゆだ》ねると決して元には戻らない」

「それでもいい」

だめだ、という声はもはや岩窟に響く波音のように殷々《いんいん》とした低く重いものへと変わっている。幼い少女は数丈におよぶ鬼神の姿となっていた。

「鬼の王に魂を囚《とら》われたか。早くわしに委ねていれば己を見失わずにすんだものを」

信忠は霧のその姿を美しいと感じた。

霧の拳は炎をまとい、信長を何度も追い詰める。だが、その度に華麗な足さばきでその打撃を避け続ける。

「何故戦わぬ」

「鬼神の魂を人の心身が支えきることはできない」

「何？」

広大な拝殿の中を軽やかに舞う信長を追う鬼神の足取りが徐々に重くなってきた。そしてついに膝をつく。太く厚い肩が上下する前に、信長がゆっくりと立った。

「奇妙よ」

三叉の槍先が不吉な紅を帯びる。

「古き民を支配するには、その拠《よ》り所となる魃鬼を従えねばならん。魃鬼を従わせるためには王の力が必要なのだ。この娘は……器ではなかったな」

槍がその胸を貫く。

「血が繋がっていないとはいえ、孫を手にかけるのはさすがのわしも心が痛むわ」

槍を引き抜くと、そこから青い血が噴き出した。拝殿を囲む篝火のせいなのか、鬼はもともとそうなのかその血潮は青く見える。怒りも悲しみも湧いてこない。横たわる魃鬼を見て浮かんできた感情に、信忠は戸惑った。

三

「鬼の王よ、こちらに出てきてからまともに食らってはおるまい」

信長が囁《ささや》くように言った。

「存分に食え。腹を満たせ」

鬼王の面が熱い。霧が変化《へんげ》した鬼に引き寄せられるようにその傍《そば》にかがみこむ。飢えた童《わらべ》のように貪《むさぼ》りつきたいという欲を抑えきれない。

鬼の王とは……。

信忠は苛酷な飢饉《ききん》で人々が生きるために人を食らうことを知っている。その目で見てもいる。信長が天下を統べるのはそのような民をなくすためであると信じてきた。

その父が、鬼が鬼を食らう様子を薄い笑みを浮かべて見ている。

「そうだ。魃鬼を食らう最も凶にして悪の極み、それが鬼の王だ」

同胞を、自らを頼り従う者を食らう者が王だというのか。

「人はそれを邪の中の邪、闇の中の闇、大暗黒天《だいあんこくてん》と呼ぶ」

大暗黒天……。

「真の力を得るにはいくら人の血があっても足りぬ。お前自身が鬼の血と肉で満たされねばならないのだ」

そんなものになってどうするのだ。信忠は餌として口にしようとした鬼の体を床にそっと下ろした。鬼に変化していた肉体はまた可憐な少女へと変わっている。信忠は袖を千切るとそっとその体にかけた。

「奇妙よ、覚悟がなくばその力をわしによこせ」

信忠は黙って父に向き直った。

「観念しおったか」

肉が引き裂かれるような痛みが全身を走る。これで焼けただれた顔が露《あら》わになった。わずかに揺れる拝殿の空気ですら激痛をもたらす。だが、これでいいのだと信忠は思った。

「霧、二度目の冥途《めいど》は共に歩もう。寂しさもつらさももう、一人じゃない」

信忠は小太刀を抜いた。もはや鬼斬りの力はない。

「無駄なことよ」

信長は面をゆっくりと顔に近付けていく。わずかに顔を俯《うつむ》かせて面をかぶると、信忠を見た。こんな面をつけていたのか、と信忠は愕然《がくぜん》とした。

漆黒の肌に牙をむき出しにし、血走った三つの目が忿怒《ふんぬ》の相を浮かべている。鬼を食らうにふさわしい凶悪さだった。

「おお……」

面をつけた父はやがて地面に倒れ伏して苦しみ始めた。その口からは叫びとも軋《きし》みともつかない音が漏れ出ている。このまま鬼の力に圧倒されて滅びてしまえばいい、という微《かす》かな望みは、威厳に満ちた天下人の姿に砕かれた。

「これでわしは、真の覇王となった。人も鬼も、わしのものだ」

恍惚と天を見上げる父の前に、信忠は立った。

「醜い顔になったものよの。お前は生まれ落ちた時から奇妙な顔をしておった。それが幼名の由来ともなった、その顔では奇妙という言葉でも足りぬ」

かつては戦で四肢を失い、肌を焼かれた者を見ても心を動かすことはなかった。兵一人一人の痛みに共感していては将は務まらぬからだ。だが、今は霧の恨みも、月輪の悲しみも、八百姫、お犬のつらさも理解できる。

「人は鬼、鬼は人になることはできない。だから共に暮らすことはできない、と俺は思っていた。だが、互いになれずとも、共に在《あ》ることはできるのだ」

「我が子よ、その通りだ」

鬼面の瞳が爛々《らんらん》と光っている。

「優れた王のもとで、全ては共に在る」

「違う」

信忠は言下に否定する。

「それぞれが望む地で、望む形でいる道を探すべきだ。どちらかが何かを強いても争いしか生まない」

「ではそれを上回る力で従わせるまで。今度は誰にも刃向かわせぬ」

「父上……さぞやご無念だったでしょう。覇道……いや、王道を父上は歩いていたと俺は信じます。そのまま進めば、きっとより多くの民が泰平を楽しみ、傷ついた兵たちも体を休めることができたでしょう」

信忠は涙を流していた。

「織田信長であると信じこまされた憐れな魂よ、お前こそが、彼岸《ひがん》と此岸《しがん》をさまよう魑鬼というべきものなのかもしれぬ」

「戯言《ざれごと》は終わりか」

信長は槍をしごく。

「ではこれで終わりにいたそう」

三叉の槍が胸を貫いていく。目の前の大暗黒天の忿怒相が揺らめいている。死を前にした瞬間は永劫《えいごう》のように長かったことを思いだす。

織田勘九郎信忠よ……。

その忿怒相にふさわしい重く厳《いか》めしい声が耳に届いた。

四

「太刀をとれ」

「……俺の小太刀は既に砕け散りました。あなたの三叉槍の、鬼の王の力で」

「手の中に残っているではないか」

刀を最後まで離さぬのは武人の、いくさ人の意地だった。最後の瞬間まで大暗黒天となった父にひと太刀浴びせようと機を狙っていた。ただ、その機が訪れなかっただけの話だ。

「舞を、見せてくれぬか」

大暗黒天はそう頼んできた。もはや夢か現《うつつ》か定かではない。だがその無常無色の中にその古《いにしえ》の神の姿だけははっきりと見えていた。

「彼の願いを聞き届けてください」

気付くと、霧が鼓を掲げて座り、傍らにはお犬が眠っている。熱田の神域にいるであろうことは、能舞台の檜《ひのき》の香りで思い出した。だが、信忠たちを突き伏せた三叉の槍も信長の姿も見当たらない。

ただ、橋掛かり三の松あたりに何者かが座っている。業火を帯びた忿怒相の気配ではなく、幽玄の世界にふさわしい寂《じゃく》静《じょう》の気配を伴って静かにそこにいる。

信忠はしばし考え、霧に目で合図を送った。

かん、と高い音がする。張り詰めて清らかで、でもどこか温かさのある音だ。鬼たちが、古き山の民が見てきた山河と月日。その重みを一音に籠めて舞台を覆う。

その音に押されて舞台へと進み出た信忠は、それまでほとんど舞ったことのない「敦盛」を舞い始めた。

能狂言に惹かれたのは、虚飾が極限までそぎ落とされているからだ。そぎ落とされているからこそ、その神髄が遠い。無常の先にある闇と光、その二つすら消え果てる境地こそを求めていた。

無常を詠《うた》いながらも常を求める。平穏な永遠があればどれほど素晴らしいことだろう。辛苦折り重なるうつし世ならば夢幻を願った方がまだましだ……。

戦いに明け暮れたかつての勇者と、戦国の世を共に戦った無数の敵味方の顔が浮かんでは消える。人であろうと鬼であろうと滅びぬ者はない。だが、だからこそ生ある間が平穏であれかしと願うのだ。

「鬼を斬るのではない」

信忠は舞い終えて、寂静の中に佇立《ちょりつ》していた。

「自ら鬼となり、その力を利して我欲を満たそうとする邪を斬るのだ」

三の松に座っていた人物がしずしずと進み出てくる。それは清らかな白の上衣と筒袴に身を包み、翡翠《ひすい》の首飾りをかけた大柄な青年だった。意識を取り戻したのか、お犬が霧の隣に端座している。

「……大国主《おおくにぬし》さま」

霧が鼓を置いて平伏した。

「大国主……」

高天原《たかまのはら》と黄泉《よみ》の間、葦原中国《あしはらのなかつくに》の創造主にして冥界《めいかい》の主、大己貴《おおなむち》、三諸神《みもろのかみ》とも呼ばれるが、大暗黒天と重ねる者もあった。

「我が祖に素戔嗚《すさのお》あり。彼より託されし剣はこの熱田にあり」

そう言って姿を消した。

能舞台の鏡板《かがみいた》に描かれていた松が消え、熱田神宮の本殿が静かに佇《たたず》んでいる。

「素戔嗚がかつて八岐大蛇《やまたのおろち》を討った草薙剣《くさなぎのつるぎ》……」

お犬が呟《つぶや》くように言っている。

「それが鬼斬りの大太刀だったとは」

本殿の戸がひとりでに開く。その奥に青い光が瞬《またた》いている。古の霊剣に招かれるように、信忠が進んでいくと前に立ちはだかる影があった。それは三叉の槍を杖につき、傷だらけになった信長の姿であった。

「その剣、よこせ……」

近付き、手を伸ばすたびに激しく拒まれる。

「何故だ。それは鬼斬りの太刀。小太刀が力を失った今、魑鬼たちを統べる唯《ただ》一つの力。さあ、わしのもとにこい」

やがて父の手が剣の柄《つか》を握る。激しい炎がその体を覆うが、

「もう本能寺で炎は慣れているのだ」

微かに笑みを浮かべ、剣を摑む。肉がちぎれ飛び、燃え落ちても信長はその手を離さない。信忠は制止しようとしたが、小さな手が信忠を止めた。

「信長の姿をしたあの者は、もはや天下を統べる資格を持ちません。我欲のみにとらわれた凡夫に、剣は決して心を許しません」

信長は剣を高々と差し上げた。

「これでわしは鬼の王、そして天下の覇者だ……」

最後まで言い終わることなく、その体は燃え落ちていく。信忠の中にあるのはやはり憐れみだった。父はこのような死にざまなわけがない。誇り高く、自らの人生に幕を引いたはずだ。

燃え落ちた灰の前に信忠は膝をつく、灰は霧のように立ちのぼり、やがて熱田の空

へと消えていく。

「父は……魔王は滅んだのか」

いいえ、と八百姫が答え、はい、と霧は言った。

二人の言葉は正しく。また誤っていた。灰は人の形をしていたが、その中に骨とは違う黒い塊を見つけた。蚯蚓の体に四肢の生えた無気味な蟲の死骸だ。これまでに見た中で最も大きいが、それは抜け殻のように中が空洞になっていた。

五

「私は気が済みました。済んだことにしました」

霧はせいせいした顔で伸びをする。朝日が熱田の社《やしろ》を照らし、白い砂が陽光を受けて輝き始めている。

「あれは我が父、織田信長ではなかった。仇はとったことにはならんだろう」

「鬼のくせにまじめなんです」

霧は焼けずに残っている面を取り上げると、信忠に手渡した。

「もうつけなくてもよいのですよ」

信忠が顔に触れると、あれほどひどかった火傷《やけど》が快癒している。

「これは……」

「熱田のご利益《りやく》か、それとも諏訪の鬼姫の親愛か」

「八百姫さま！」

「よいよい。しばらく旅は良いかと思っていましたが、随分と楽しませていただきました。苦界《くがい》はまだまだ続くでしょうが、人の世を回って少しでもその辛苦を和らげるために、無駄に長く与えられた寿命を使うことといたしましょう」

八百姫は軽やかな足取りで去っていく。

信忠はじっと面を見つめていたが、再び顔に結わえつけた。熱さと痛みは以前ほどではない。

「何故です？　岐阜中将として天下を争う気はないのですか」

「天下は争う。父上に託されたものだからな。だが今はもっと大切にしたいものがある。我らの力を知った者共から我らと魑鬼たちを守らねばならんからな。鬼に成る蟲など不要だし、作り出した者も許せぬ」

八百姫と入れ違うように、月輪が入ってきた。

「月輪の怪我はいいのか」

「目が覚めたら治ってた。……で、どうする？」

信忠は霧を見た。この旅の総大将はこの少女だった。

「いつまで経っても御曹司気質が抜けませんね」

鬼王の面をつけた信忠を見つめていた霧は、颯爽《さっそう》と歩き出した。

「鬼成りの蟲に加え、この騒ぎで眠っていた魃鬼たちが目覚めています。奇妙丸、あんたは山と里の民が傷つけあわぬ天下を目指すと大口を叩きましたね。仕方ないから力を貸してあげます」

踏み出した霧が数歩進み、ちらりと信忠を振り向いた。

「いいね」

月輪が二人の肩を叩くと、それに押されたように二人の手が一瞬、触れ合った。

第一話　「読楽」（小社発行）2014年1月号
第二話　書下し
第三話　書下し
第四話　書下し
第五話　書下し
第六話　書下し
第七話　書下し

徳間文庫

魔《ま》王《おう》の子《こ》、鬼《おに》の娘《むすめ》

2020年1月15日 初刷

著者 仁《に》木《き》英《ひで》之《ゆき》

発行者 平野健一

発行所 東京都品川区上大崎三―一―一 目黒セントラルスクエア 〒141―8202 株式会社徳間書店

電話 編集〇三(五四〇三)四三四九 販売〇四九(二九三)五五二一

振替 〇〇一四〇―〇―四四三九二

印刷 大日本印刷株式会社
製本

ISBN978-4-19-894528-2 (乱丁、落丁本はお取りかえいたします)

徳間文庫の好評既刊

佐藤恵秋

雑賀の女鉄砲撃ち

鋼《こう》輪《りん》の銃

書下し

紀州雑賀《さいか》、太田左近《おおたさこん》の娘・蛍《ほたる》は、射撃術の研鑽《けんさん》に生涯をかける女。秀吉に太田城を水攻めで落とされ、父母姉妹と一族を失った。秀吉への復讐を誓い、新開発の鋼輪銃《こうりんじゅう》を手に戦場を駆ける。徹底的に豊家《ほうけ》に敵対する蛍は、義なき朝鮮出兵に抗《あらが》うため半島に渡り義勇兵として日本軍と戦うことに……。そして関ヶ原での因縁の対決の行方は!?　戦国を鮮烈に駆け抜けた女鉄砲撃ち再び。